뿌리가
튼튼한 사람이
되고 싶어

뿌리가 튼튼한 사람이 되고 싶어

나를 지키는 일상의 좋은 루틴 모음집

초판 1쇄 발행 | 2018년 12월 24일
초판 28쇄 발행 | 2023년 2월 28일

지은이 신미경
발행인 한명선

주소 서울시 종로구 평창길 329(우편번호 03003)
문의전화 02-394-1037(편집) 02-394-1047(마케팅)
팩스 02-394-1029
전자우편 saeum2go@hanmail.net
블로그 blog.naver.com/saeumpub
페이스북 facebook.com/saeumbooks
인스타그램 instagram.com/saeumbooks

발행처 (주)새움출판사
출판등록 1998년 8월 28일(제10-1633호)

ⓒ 신미경, 2018
ISBN 979-11-89271-27-5 03810

나를 지키는 일상의 좋은 루틴 모음집

뿌리가
튼튼한 사람이
되고 싶어

신미경 에세이

나답게
살아가는 힘

어렸을 때 내게 행복한 삶은

유명한 패션 디자이너의 옷을 멋지게 차려입고

잡지 뉴스 페이지를 장식하는 것을 의미했다.

대학을 졸업하고 나서는 예술에 대한 지식을 쌓고

자유를 마음껏 누리는 우아한 지성인이 되는 것이었다.

지금은 다르다.

나를 소중히 보듬어주는 일상을 반복하며

평온하게 살아가는 것이 바로 행복이 아닐까.

퇴근 후, 샤워를 마치고 아니 에르노의 소설 『단순한 열정』의 마지막 문단을 읽을 때, 잔잔한 행복이 차오름을 느꼈다. 책 속에서 찾은 '사치'에 대한 인상적인 서술을 내기 지금 느끼는 행복의 감정으로 바꿔 적었을 만큼. 나를 둘러싸고 있는 집은 적당히 아늑했고, 곁에는 숙면을 돕는 캐모마일 티 한 잔이 있다. 내일 출근 준비는 모두 마쳤고, 아침 식사도 바로 먹을 수 있도록 미리 준비해 냉장고에 넣어두었다. 깊은 밤, 조용한 휴식을 방해하는 것은 아무것도 없다.

사람들은 지금을 사는 것이 행복이라 말하지만, 나는 가까운 미래의 나를 위해 지금 주어진 시간을 바지런히 쓰곤 한다. 과거의 자신을 후회하고 미워하는 대신 고마워할 일이 많은 편이 나와 잘 지내는 방법이라 믿고 있다. 나를 제대로 먹이고, 깨끗하게 입히고 제때 재우는 규칙적인 생활을 지키는 것이 중요해지는 이유다. 텔레비전을 보며 배달 음식을 시켜 먹는 것보다 영양 균형을 고려한 집밥을 차려 먹고, 늘 미루기만 했던 모닝 스트레칭은 이제 잠에서 깨면 몸이 알아서 요가 매트를 펼칠 정도가 되었다. 일 때문에 망가진 건강하지 않은 몸을 관리하려고 조금씩 시작한 것이 어느새 몸에 밴 루틴이 되어 나의 하루를 지탱하는 튼튼한 뿌리가 되어주고 있다.

삶의 질을 올려주는 좋은 습관을 일상에 들이는 것은 시작하는 것보다 계속해나가는 것이 어렵다. 하기 싫은 날, 더 하기 싫은 날, 일이 바쁘거나 갑작스러운 약속 등 하지 않아도 될 변명이 꾸준히 생기곤 한다. 건강을 지키겠다는 견고한 마음이 끊임없는 작심삼일을 반복하다 자연스럽게 루틴으로 자리 잡기도 했지만 공부나 취미 같은 쪽은 돌이켜 보면 수없이 많은 것을 중단하고 포기했다. 하지만 다이어트처럼 쉽게 몸이 따라주지 않는 습관만이 나의 일상을 지키는 전부는 아니다. 아침에 마시는 첫 공기, 조용한 산책, 넋을 놓고 있지만 어쩌면 명상의 시간. 그런 순간들을 누리는 것만으로도 충분히 하루를 잘 살아내는 힘이 되어준다. 그러니 전문가, 친구들이 좋다고 추천하는 습관보다 자신에게 매일 반복할 만큼 의미 있는 일을 찾는 것이 무엇보다 우선 아닐까? 종이와 펜을 꺼내 남들의 기준이 아닌 나답게 살기 위해 빼놓을 수 없는 루틴 리스트를 써본다.

내가 처음 루틴의 효과를 경험한 것은 미니멀라이프를 실천했을 때이다. 일, 건강, 통장 잔액까지 모든 것이 엉망진창이었던 나를 바꾸고 싶었던 그때, 어디서부터 시작해야 할지 몰랐다. 궁리 끝에 쉬운 것부터 시작해보자 생각했다. 매일 서랍 하나, 화장품 파우치 하나 안 쓰는 것들을 정리해나가면서 홀가분한 기분과 소소한 성취감을 느낀 뒤로 비로소 블랙홀 같던 옷장에 손을 댈 수 있었다. 본게임을 위한 예행연습이 필요했던 것뿐이었지 결국 나는 조금씩 생활을 변화시킬 수 있었다. 내가 바꿀 수 있는 것은 오직 나 자신뿐이다. 다른 사람이나 주변의 상황은 나의 노력만으로 바꾸기 어렵고, 오히려 내가 바꿀 수 없는 일 때문에 불안한 나머지 평정심을 잃고 무력해질 때가 많다. 그럴 때마다 나만의 견고한 루틴을 계속하다 보면 어떤 상황에서도 크게 흔들리지 않고 중심을 잡을 수 있게 된다.

가장 나답게 살아갈 수 있는 루틴을 고르고 골라 이야기를 엮어보았다. 한번 해볼까? 하는 마음으로 새로운 일에도 조금씩 도전해보지만, 대부분 열심히 일하고, 집에서 고요한 일상을 보내는 모습이다. 언제나 지금보다 한 보 앞서 나를 돌보는 지금, 평생을 함께할 나 자신과 잘 지내며 스스로가 보기에 멋진 할머니로 나이 들어가는 것이 삶의 방향이 된다. 누군가 이 글을 읽으며 자신의 일상 속 루틴을 떠올려보고, 작은 일상들을 더욱 소중히 여길 기회가 된다면 참 좋겠다.

즐거운 나의 집에서,
신미경

Contents

애쓰지 않고서도 건강해지고 싶어

숨 쉬듯 자연스러운 건강법

지금 모습 그대로 괜찮아

자연스럽게 나이 들어가는 뷰티 습관

사부작사부작 작은 살림

늘 같은 일상을 유지하기 위한 최소한의 노력

통통한 통장이 필요해

돈 걱정 줄이고 살기

심심하지 않아 다행이야

노는 게 제일 좋은 어른의 주말

1

일단 혼자서 잘 살기

지금을 살아가는 태도

비빌 언덕이 없어서

준비된 신붓감이라니. 요리하고, 재난 대비에 철저하고, 교양을 갈고닦으며, 집 안 인테리어가 깔끔하며, 개그 센스(이건 왜?)가 있다는 근거를 들어 직장 동료가 결혼할 준비는 다 되었다고 말했다. 일본어 표현으로 치면 '여자력女子力'이라고도 볼 수 있는 이 말은 꽤 차별적이다. 여자라면 그래야 하고 그런 사람만이 결혼할 수 있다는 느낌이 들어서다. 생활에 꼭 필요한 일들을 부지런히 해나가며 사는 것은 신부수업을 독학하고 있는 게 아니라 그저 잘 살기 위한 노력일 뿐인데, 결론이 결혼이 되는 평가를 받을 때마다 알 수 없는 기분에 사로잡히곤 한다. 결혼하지 않아 완성형 어른이 아닌 반쪽짜리 어른 취급을 받고 있긴 하지만, 나에게 결혼이란 할지 안 할지도 모르는 것이고 그 자체가 삶의 목표가 될 수도 없는 노릇이다.

"결혼하면 좋은 가구, 가전제품, 그릇을 사서 쓸 거니까 그때까지만 이렇게 지낼 거야."
갓 독립한 친구의 작은 원룸에 처음 놀러 갔을 때, 제대로 된

가구가 전혀 없어서 마음속으로 놀랐다. 책꽂이 없이 책들은 벽에 기대어 세워져 있었고, 박스 같은 것도 몇 개 쌓여 있었다. 마치 어제 이사 온 것처럼 애정이라고는 전혀 느껴지지 않는 그 '공간'이 결혼 전까지 임시 거처라고 한다. 당시 결혼할 사람도 없던 친구였는데 모든 것을 결혼 이후로 미루며 살았다. 좋은 가구를 지금 사서 잘 쓴 다음 결혼할 때 들고 가라고 목구멍까지 치솟던 말을 힘겹게 밀어 넣었던 나는 서로의 삶의 방식이 다르다 생각했다. 로또는 사지도 않으면서 '로또 되면 일 그만두고 여행 다니면서 살 거야' 같은 생각을 종종 할 만큼 내 생활은 지금도 유유자적하지 않다. 그래도 경제적으로 크게 궁핍하지 않고, 깨끗하게 정돈된 공간에서 어느 정도 원하는 여가를 즐길 수 있는 라이프스타일이니 만족한다. 이 모든 생활의 토대를 내 힘으로 만들기까지 말로 응원하는 사람은 많았지만 월세를 대신 내주는 사람은 없었고, 그러니 결혼 전까지 최소한의 것만 갖추고 살겠다는 친구에게 나도 별다른 말을 할 수 없었다. 내가 책 선반을 사줄 것도 아닌데, 다른 사람의 선택을 걱정이란 이름으로 평가할 수는 없다. 그 친구에게 결혼 소식이 아직 없으니 여전히 책이 비뚜름하게 휘어진 채로 바닥을 선반 삼아 세워져 있을지 문득 궁금해진다.

어떤 순간에도 임시의 삶은 없다. 어제의 내가 지금의 나를 만들었고, 내일은 어떤 예측 불가능한 일이 일어날지 알 수 없다.

가장 확실한 것은 나는 지금을 살고 있고, 여기에 있는 나를 잘 돌보며 사는 것만큼 확실한 만족을 주는 일은 없다는 점이다. 혼자 살아가는 일엔 퍽 익숙하다. 누군가에게 기대지 않고 스스로 살아간다는 것. 가끔 쓸쓸할 때도 있지만 크게 외롭지도 않다. 그저 회사에서는 일하는 직장인이자 집에서는 청소와 요리에 매달리는 생활인으로 보통의 날들을 살아가는 것뿐이다. 주변에 비슷한 리듬으로 살아가는 사람들과 만나서 수다를 떨거나 쇼핑도 하고, 혼자서 취향에 맞는 전시와 공연에도 종종 간다. 대부분 시간을 책을 읽으며 딱히 모나지도 둥글지도 않게 존재하는 평온한 일상을 보내는 혼자의 생활. 지금의 나다.

할머니가 되어서도 쓰고 싶어

질 좋은 원목 테이블을 사고 싶다. 책장에 철학과 예술사와 관련된 고전이 잔뜩 꽂혀 있으면 좋겠다. 최근에 했던 생각들은 미니멀리스트로서의 태도와는 한참 거리가 먼 물욕과 허영으로 가득 찬 것들이었다. 지금 가지고 있는 소파와 테이블은 고작 3년밖에 안 되었는데, 새로운 것이 갖고 싶다는 생각을 했다. SNS에서 파리의 아파트 인테리어 사진을 본 뒤로 내가 사는 공간이 참 시시해 보였다.

리빙 잡지에서 일할 때 만난 선배와 함께 이태원에 가구를 구경하러 간 날 딱 맞다 싶을 만큼 마음에 드는 것이 없었다. 그래도 집착을 버리지 못하고 계속 눈길은 새로운 테이블을 좇았다. 그곳에서 멋진 식사 시간을 갖는 내 모습을 상상하던 나는 선배의 전문 지식에 기대어 여러 가구를 둘러보았다. 그런 내게 선배는 "너는 참 잘 질려해. 나는 10년 넘은 가구도 여전히 잘만 쓰는데, 그 멀쩡한 소파는 왜 없애려 하는 거야?" 하며 핀잔이 아닌 진심으로 궁금한 표정으로 물었다.

정말 나는 왜 그랬을까. 내가 한창 미니멀라이프에 푹 빠져 있을 때 '많이 가져본 사람만이 실천할 수 있는 라이프스타일이며, 미니멀리스트가 되고 싶어 하는 사람은 모조리 버리고 새로 사기 위해서'라는 어떤 의견이 내 이야기 같아 부끄러워진 적이 있다. 지금 사는 집으로 이사 오면서 꽤 많은 가구와 가전제품을 새로 샀는데, 여기에는 여러 사정이 있긴 했지만 새로운 물건과 함께 새 출발하고 싶다는 마음도 없지 않아 있었다. 그런 내가 다시 새로운 디자인의 가구를 탐내하는 모습이라니. 지금에 만족하지 못하기 때문에 발전이 있다고는 하지만, 소유물에 있어서만큼은 그만 변덕을 부리고 싶다. 집에 돌아와 다시 가구를 바라보니 근사한 디자인은 아니지만 모두 편하게 잘만 쓰고 있는 것이었다. 지금 가지고 있는 것을 소중히 하면서 평생 쓰고 싶은 마음. 언니에게 물려받은 16년 된 거실의 꽃무늬 커튼은 요즘 유행과는 거리가 멀지만, 고전적인 매력이 있다. 6년 동안 두 번의 이사를 겪은 조립식 옷장은 한 번 더 해체되면 수명을 보장할 수 없다는 이삿짐센터 전문가의 말에 따라 지금 놓인 공간이 마지막이 될 터였다.

부모님 집에 가면 꼬꼬마 시절부터 보았던 그릇이 여전히 식탁 위에 오른다. 나의 눈으로는 그 시절의 기억들과 빈티지 매력이 더해진 유물 같은 살림이지만, 엄마에게는 세월과 상관없이 늘 함께하는 일상적인 물건이다. 특별히 아끼는 것은 아니지만 싫증 내지 않고 쭉 써오는 엄마의 그릇. 여태껏 늘 새롭고 고급스러운 것에 쉽게 마음을 빼앗기는 내게 그런 손때 묻은 살림은 아무런 매력이 없었다. 엄마의 젊은 시절과 달리 지금은 무엇이든 쉽게 구할 수 있다 보니 옷이나 식기도 몇 번 쓰다 보면 금방 질렸다. 빠르게 질리는 만큼 대체품은 수없이 많은데 흔해서 귀하지 않고, 자고 일어나면 더 좋고 멋진 물건이 태어나 어제 산 것도 금세 구식이 되어 늘 새로운 자극이 필요했다.

여전히 버릇처럼 새로운 물건에 눈길과 호기심이 가는 것은 막을 수 없다. 하지만 동시에 끊임없이 새로운 물건을 갈구하던 생활이 주는 피곤함과 염증을 떠올려본다. 먼지가 쌓일 대로 쌓여 쓰레기통으로 들어갔던 몇 번 쓰지 않은 '저렴이'와 예쁜 것 빼면 불편한 무거운 샤넬 가방을 들고 사람으로 터져 나갈 것 같던 출근길 지하철을 타던 과거의 내 모습 말이다. 지금 손에 쥔 것에 만족하는 법을 모른다면 평생을 갖고 싶은 것만 찾아다니다 타는 듯한 갈증에 죽을지도 모를 일이다.

새로운 물건, 그중에서도 한때는 값비싼 물건만이 오래 쓸 가치가 있다고 믿었다. 럭셔리 브랜드에서 만들어낸 것이나 각 분야의 명인들이 정성스럽게 지어낸 무언가를 선별해 소장하는 것이 멋스러운 삶이라고 생각해서다. 그런 물건들은 지금도 당장 갖고 싶을 만큼 감탄스럽지만, 지금 내겐 함께 산 세월만큼 편안하게 길든 물건에 둘러싸여 살아가는 것만으로 충분하다.

삶의 우선순위가 더는 물욕을 채우는 것이 아니게 된 뒤로 새로운 물건을 집에 들일 때는 열 번 망설인다. 계절이 바뀔 때마다 옷은 한두 벌씩 사는 편인데, 옷을 살 때도 곰곰이 생각한다. '이 옷, 할머니가 되어서도 입을 수 있을까?' 그러다 보면 심플한 디자인, 꼼꼼한 바느질과 천연 소재인지가 유행보다 더 중요해진다. 30년 뒤에 지금과 똑같이 걸려 있는 거울을 바라보며 '이건 스무 살 때 샀던 머플러인데, 마흔 살에 샀던 스웨터랑 찰떡처럼 잘 어울리네!'라고 만족스럽게 외출을 준비하는 할머니가 된 내 모습을 그려보며, 한번 들인 물건은 소중하게 관리하며 계속 사용한다.

고민 없이 좋아하는 일 하나

중학교 때 국어 선생님이 교무실로 따로 불러 글짓기 실력이 꽤 우수하다는 칭찬을 해주셨다. 칭찬을 받았던 글쓰기 주제는 사회의 어떤 현상을 논평하는 논픽션 분야였다. 그다음 수업 때는 재벌에게 복수하는 귀신이 나오는 막장 드라마 중심 서사에 호러를 섞은 자본주의 풍자적인 단편을 써보았는데, 선생님은 머리를 갸우뚱할 뿐 말을 아꼈다. 너무 아방가르드했나?

그 칭찬에 힘입어서였는지 모르겠지만 삶이 글쓰기 중심으로 흘러가기 시작했다. 십대 때 즐겨 보던 패션 잡지에 나와 있던 칼럼들을 베끼어 쓰고 흉내 내 쓰다가 나도 잡지를 만들어봐야겠다고 생각했다. PC방에서 패션계 주요 소식을 담은 디지털 잡지를 만들어 구독자를 모으던 일은 친구들 사이에서 유행하던 게임보다 재미있었다. 대학생이 되자 가족에게 컴퓨터를 선물받았는데, 본격적으로 블로그를 시작해 쓰고 싶은 글은 모조리 썼다. 그때만 해도 어떤 유행을 찾아내고 기획을 하고 사진을 모으고 글을 쓰는 일이 진짜 직업이 될지는 몰랐지만. 재미있다는 이유 하나만으로 블로그를 계속하다 대학교 4학년 때 블로그에 소개한 패션 칼럼을 본 한 출판사에서 책을 내보자는 제의를 받게 된 것이 글쓰기 커리어의 시작이 되었다. 대학생이었던 나는 패션 관련 책을 출판하면 패션 업계에 일을 구할 때 큰 도움이 될 것이라고 생각해 기뻤다. 어쨌든 생각지도 못한 작가 데뷔였지만, 아무것도 이룬 것이 없는 평범한 내게도 이런 기회가 온다는 것이 당황스러울 만큼 신기하기도 했다. 생각해보면 작가를 장래희망 칸에 적어 넣었던 것은 초등학교 시절 『키다리 아저씨』나 『작은 아씨들』을 읽던 감성일 때를 빼놓곤 생각해본 적이 없었는데…….

운명은 개척하는 것으로 생각했던 나는 이제 사람의 운명은 정해져 있다고 믿는 쪽이 되었다. 그 일만 생각하면 설레고 마음이 뜨거워져 어찌할 줄을 모를 때보다 어쩌다 시작했는데, 그 방향으로 일이 술술 풀려나가는 쪽이 내 운명 같다. 직업으로 한정지어 보면 어릴 때 패션 디자이너가 되어 화려한 삶을 사는 내 모습을 그려보곤 했다. 하지만 아무리 스스로 열심히 공부해도 어린 내게 운명처럼 좋은 멘토 혹은 별자리 운세에서 파란 물건을 지니면 남쪽에서 만난다는 귀인 역시 나타나지 않았다. 오히려 패션 디자이너가 되고자 어쩌다 주어진 면접을 다녔을 때, 이탈리아 마랑고니 패션스쿨 출신 면접사의 화려한 포트폴리오와 나의 초라한 포트폴리오를 비교하는 면접관 때문에 처참한 기분을 느껴 좌절할 뿐이었다. 당시 내가 되고 싶었던 '상상 속의 나'에 갇혀 살았던 내게는 어떤 상황에서도 묵묵히 글을 쓰는 '현실 속의 나'는 보이지 않았다. 무언가 쓴다는 것은 내게 당연한 일상이었을 뿐, 그 일이 특별한 것이라는 생각조차 하지 않았다. 새로운 슈즈 디자인보다 내 이야기를 글로 써 내려갔던 시간이 훨씬 많은데도 언제나 내가 갖지 못한 것에만 안달복달했고, 내가 이미 가진 것은 특별하다고 생각하지 않았다.

'무엇을 하는 나'라는 상상의 프레임을 만들어놓고, 그 안에 빠져 살다 보면 객관적으로 나를 보는 눈을 잃기 쉬운데, 그럴 때 남들이 나에게 어떤 기회를 주는지 냉정하게 살펴보는 게 도움이 되곤 했다. 아무리 내가 원해도 털끝만큼의 진입도 허락지 않은 곳이 있지만, 어쩌다 보니 내게 이런 기회가 생겼네! 하는 일도 있다. 그래서인지 간절히 원하면 이뤄진다는 이야기는 애석하게도 더는 믿지 않는다. 오히려 지나치게 절실하면 상처를 입었다. 그건 나도 모르는 사이에 나에게 열정 코르셋을 입히는 일이었고, 이루지 못했을 때의 나에 대한 실망감과 절망스러움이 더 컸다. 되고 싶은 나에 사로잡히면 다른 쪽으로 방향을 트는 일도 미련 때문에 쉽게 하질 못한다. 지금은 생각만 많이 하는 일이 아닌, 나도 모르게 자연스럽게 정말 움직이고 있는 일이 나의 운명이라고 생각한다. 온 우주가 내 소망을 실현해주기 위해 도와준 경험을 단 한 번이라도 경험했더라면 갖지 않았을 생각일까? 그토록 어린 시절 원했던 '패션 피플'이 되지 못했지만, 아무 생각 없이 계속 읽고 쓰다 보니 기자가 되었고, 홍보담당자로 일했다. 그리고 동시에 칼럼니스트와 작가로 활동하며 어쨌든 지금도 글 쓰는 사람으로 산다.

좋아하는 것은 자연스럽게 삶에 스민다. 천재도 즐기는 사람을 이길 수 없다고 할 만큼 좋아하는 일은 바로 내가 가지고 태어난 재능. 한국인 최초 쇼팽 콩쿠르 우승자인 피아니스트 조성진과 세계적인 피겨 스케이터 김연아의 공통점은 어린 나이에 거장의 반열에 올랐다는 것인데, 그들의 인터뷰에서 공통으로 나타나는 '그냥 하는 거지, 무슨 생각을 하면서 하는 게 아니다'는 것에서도 발견할 수 있는 태도다.

정말 좋아하는 일은 고민하지 않는다. 목표를 정해서 시작하는 것도 아니다. 하고 싶으니까 별다른 계산 없이 한다. 그런 일 하나를 찾았다면 손에 꽉 쥐고 잘되든지 말든지 계속하는 거다. 성공에 욕심부리는 순간 부담감에 짓눌려 재미가 사라질 테니까. 그러니까 그저 '또 쓸 수 있어서 좋다'라는 가벼운 느낌으로 오늘도 쓴다. 평생 하고 싶은 일이 있는 것만으로도 아침에 눈을 뜨는 것이 설레었던 어느 날을 기억하면서.

겁쟁이가 사는 법

한 글로벌 회사에서 잠시 일했을 때 전해 들은 이야기. 직권남용을 남발하던 상사를 둔 프랑스인 직원이 있었나 보다. 그 프랑스인 직원이 상사를 고발하기 위해 상부에 계속 보고를 했는데, 한 번 말하는 걸로는 시정되지 않으니 충분히 말해야 한다며 "원스 이스 낫 이너프Once is not enough"라 말했다고. 역시 프랑스혁명의 후예다웠다. 그 인상적인 말은 내게 묘하게 변질되어 '불안하다면, 한 번 점검하는 걸론 충분하지 않아'로 나의 일상에 자리 잡았다. 아침에 집을 나서기 전에 화재를 예방하기 위해 전기 플러그를 모두 뽑았는지, 가스 밸브를 내렸는지 두 번씩 점검한다. 어느 겨울날 보일러의 난방 스위치를 끄지 않고 외출했다 집이 아닌 찜질방으로 돌아온 날을 뼈아프게 떠올리며 보일러 스위치도 철저하게 단속한다. 모두 강박에 가깝게 반복되는 나만의 안전 루틴.

화재 예방에만 만전을 기하면 충분한 만큼 서로에게 해를 입히지 않는 세상이면 좋으련만 꼭 그렇지 않다는 게 문제다. 나이가 들수록 아는 게 늘어나 오히려 겁이 많아진다. 동물로 치자면 늘 망을 보며 위험을 감지하려는 미어캣과의 사람인지라 언제나 경계를 게을리하지 않게 되었다. 분명 혼자 살다 보니 대범했던 내가 그렇게 변한 것이다. 택배는 남자 이름으로 받고, 개인정보가 담긴 택배 송장은 파쇄기를 써서 철저하게 흔적을 지운다. 배달 음식은 누군가와 함께 있지 않는 한 가급적 시키지 않는다는 것이 원칙이다. 집에 있어도 약속된 방문객이 아닌 사람이 벨을 누르면 집에 없는 척 지내는 게 나의 상식이 된다. 나처럼 혼자 오래 살고 있는 친구와 안전하게 사는 법에 대해 이야기를 나눈 적이 있다. 아이폰의 사이드 버튼을 빠르게 다섯 번 누르면 사이렌 소리가 난다는 팁을 알게 되어서 너도 알고 있으라고 말했건만 친구는 그보다 112 앱을 깔면 위치 파악이 되니 더 믿음직하다고 말한다. 그러고선 자신을 지키기 위해 테이저건(전기 충격기)이라도 사야 하는 것 아니냐고 조소하기도 했다. 그래서 나는 몰카 탐지기도 사야 하는 세상이라고 맞받아쳤는데 쓸쓸하게도 날이 갈수록 예상치도 못한 곳에서 신종 범죄가 툭툭 튀어나온다. 하지만 이런 대화를 하는 우리가 강한 사람이라고 생각했다. 자신을 믿고 맡길 애정으로 만들어진 울타리가 있는 사람에게는 공감하지 못할 일이었는지 유난 떤다는 말도 들어봤지만, 경계심과 비례해 남에게 기대지 않고 스스로 보호할 수 있도록 생활의 지혜를 쌓고 있는 일을 어떻게 '오버' 하는 일로 단정지을 수 있을까.

그러다 보니 평온한 생활을 위해 자연재해 대비에도 관심이 커졌다. 우리나라 사람들은 안전 불감증이라는 말을 많이 한다. 솔직히 옆 나라 일본처럼 태풍이나 지진이 자주 일어나는 것도 아니고, 대부분 화재나 건물 붕괴같이 인재로 발생하는 사고가 잦다. 위기가 닥치면 어떻게 살아남을지에 대해 사람들이 그리 깊이 생각하지 않는 것은 어릴 때부터 방재교육을 철저하게 받은 일이 없어서일지도 모른다. 내게 재난에 대한 트라우마라 하면 엘리베이터에 갇혔을 때 스스로 탈출했던 기억과 아파

트 12층에 살 때 건물이 좌우로 흔들렸던 가벼운 지진의 경험이 전부지만, 나는 내가 지킨다는 생각이 더 적극적으로 예방에 관심 두게 한다.

포항과 경주에서 지진이 나자 우리나라도 지진 안전지대가 아니라는 여론으로 들끓었을 때였다. 그때 인터넷 커뮤니티에서 유행했던 것이 일본에서 재난 대비를 위해 배포하는 교육 자료인 '도쿄 방재' 한글판이었다. 나 또한 그 책자를 정독하며 지진이 일어나면 어떻게 생존해야 할지 지식을 쌓았다. 지진이나 기타 자연재해 발생 시 실내 생존을 위해 롤링 스톡Rolling Stock 법으로 식량을 구비하라는 조언이 특히 눈길을 끌었는데, 평소 먹는 것을 조금 더 넉넉히 갖추어 유통기한에 맞춰 소비하면서 다시 사두는 방법으로 일주일 정도는 누구에게도 의지하지 않고 살 수 있도록 '일상 비축'을 하라는 의미다. 그때부터 아무리 미니멀라이프라지만 하루 먹을 것만 냉장고에 넣어두는 생활이 맞을지 고민했고, 일주일 단위로 식료품을 구비하게 되었다. 실외 생존을 위해서는 최소한의 필수품을 담은 '비상용 반출 가방'이 필요한데, 준비할 물품은 개인에 따라 다르기 때문에 틀에 박힌 것이 아니라 자신의 머리를 써서 살아남기 위한 물건을 준비하는 것이 중요하다는 부분에서도 밑줄을 쳤다. 대형 태풍이 한반도를 관통한다고 뉴스에서 떠들어대던 날에 중요한 서류와 비상식량, 세면용품, 구급용품 그리고 몸을 따뜻하게 할 수 있는 옷 등을 담은 작은 비상용 가방을 현관에 있는 캐비닛에 넣어두었다. 재해뿐 아니라 혹시나 몸이 아파 밤에 응급실이라도 가게 된다면 그 가방을 들고 갈 수도 있을 것이다. 덕분에 재난 소식을 뉴스로 접할 때 두려움보다 재해 발생 시 대응 시뮬레이션을 머릿속에 한 번 더 돌려보는 쪽으로 생각을 변화시킬 수 있었다. 그러다 보니 손에 잡히지 않는 두려움에 떠는 것보다 적극적으로 대처하는 방법을 궁리한 나름의 훈련으로 어떤 상황에서도 침착하게 생활을 이어갈 수 있게 된다.

영화 〈라이프 오브 파이Life of Pi〉를 보면 바다에서 생존하는 방법이 적힌 가이드대로 주인공 파이가 바다에서 호랑이와 공존하며 오래 표류해 살아남는 방식이 나온다. 바닷물이 아닌 빗물을 마시고, 낚시해 물고기를 잡는 등 호랑이라는 공포로부터 살아남고자 하는 본능이 바다 한가운데 남겨진 파이가 삶을 포기하지 않게 만들어준다. 파이가 어릴 때 수영을 배웠다는 점도 그의 생존율을 높였다. 영화에 반전은 있었지만, 이런 재난 영화는 많은 생각을 하게 만든다. 그 순간 만약 나였다면 나는 어떤 선택을 했을까에 대한 궁금증. 포기하고 죽어가는 쪽을 선택했을까 아니면 끝까지 살아남으려 주어진 위기마다 있는 힘껏 노력했을지에 대한 의문이 생겨난다. 그리고 그 답은 이제껏 내가 살아온 방식만 곱씹어보아도 쉽게 알 수 있다.

성실한 '어른이'

괴나리봇짐을 지고 떠도는 장돌뱅이처럼 오늘도 집을 나서 일
터로 향한다. 가방의 무게는 삶의 무게와 같다고 생각하는 나로
서는 최대한 짐을 가볍게 하고 싶다. 그러나 가방을 꾸릴 때마
다 극단적인 한반도의 기후에서 미니멀리스트로 살아가기란 정
말 어려운 일임을 깨달을 뿐이다.

단군이 터 잡으실 때 부동산 사기를 당한 것이 분명하다는 SNS
에서 발견한 우스갯소리에 조상님은 어쩌다 사기를 당하게 되
었는지 통탄을 금할 길이 없다. 아프리카보다 덥고, 시베리아보
다 춥다는 우리나라의 여름, 겨울을 맞은 뚜벅이의 가방에는 준
비물이 여러 개다. 폭염에는 접을 수 있는 챙 넓은 모자, 선글라
스, 손수건, 부채를 챙기고, 한파에는 접을 수 있는 얇은 패딩,
머플러, 장갑이 필수. 내일 비즈니스 미팅이 잡혀 있다면 가방에
챙겨야 할 서류도 넣어야 한다. 봄, 가을이면 재킷 주머니에 지
갑과 휴대폰만 넣고 책을 옆구리에 끼고 출근하는 기쁨을 누리
기도 하지만 그런 자유를 만끽하는 계절은 어쩌면 이다지도 짧

은지. 매일 저녁 날씨와 스케줄을 고려해서 내일의 출근 가방을 성실하게 꾸리는 순간, 어릴 적의 내가 몸만 훌쩍 커버린 것 같은 기분에 사로잡히곤 한다.

마지막 국민학교 세대, 그 시절의 나는 지금처럼 다음 날 시간표를 보며 교과서를 챙기고, 철필통에 잘 깎은 연필을 키 순서대로 일렬로 넣은 다음 가방을 꾸려두고 잠자리에 들곤 했다. 그렇게 내일을 준비하는 시간을 어릴 때부터 사랑했다. 형제가 세 명인 데다 엄마가 나만 꼼꼼하게 챙겨주길 바랄 만큼 한가하지 않아서 언제나 내 일만큼은 스스로 챙기는 것이 당연했다. 그렇게 미리 준비하는 성실함은 작은 것에서부터 시작되어 여전히 일상 곳곳에 스며든다. 습관을 넘어 성향이 되어버렸다면 좋든 싫든 평생을 함께해야 한다는 것. 여러 단점을 고루 가지고 있는 나이지만, 성실함만큼은 얼마 되지 않은 장점 중 하나라서 출근 준비를 전날 미리 하는, 어릴 때와 똑같이 사는 자신을 칭찬해주고 싶을 때가 있다.

물론 모든 면에서 성실하게 살 수는 없다. 중요도에 따라 성실함의 정도가 다른데, 바쁘다는 핑계로 세탁소에 드라이클리닝 맡기는 일을 미루다가 정장을 입어야 하는 날에 말끔하지 못한 옷차림을 해서 종일 신경이 쓰인 때도 있었다. 그런데 유독 내일 아침 준비만큼은 아무리 새벽에 들어와도 어느 정도 해놓고 잠들곤 한다. 내게 저녁에 저축해놓은 여유로운 아침 시간은 일종의 부적 같은 일이자 부활의 신호탄 같은 것이다. 좀 엉뚱하게도 어릴 때부터 '내일부터 다시 시작이야'라는 각오를 종종 다지곤 했다. 하루의 마무리가 안 좋았던 날은 특히 더 곱씹는 말이기도 했는데, 어린 마음에 자고 일어나면 다시 태어난다고 믿었다. 실제로 몸속 세포들이 끊임없이 죽고 새로 생겨난다고 하니 전혀 근거가 없는 믿음도 아닐 것이다. 오늘 세포의 상태나 기분은 어제와 다를지도 모른다. 그렇지 않고서야 일희일비의 마음이 생겨나는 까닭을 알 수 없고, 비슷한 듯하지만 매일 컨디션이 조금씩 다를 리 없다. 그래서 미래의 달라질 나를 위해 전날 무언가를 준비하는 일이 참 설렜다. 그리고 이제 바쁜 아침을 미리 준비하는 성실함이 생활의 질을 높여주는 루틴이 된다.

깨끗한 옷이 다려져 바로 입을 수 있게 걸려 있고, 식사가 마련되어 있는 아침 풍경은 우렁각시가 한 일이 아니다. 그 일을 해놓은 사람은 어제의 나다. 내가 아무것도 하지 않았는데도 아무런 불편함 없이 일상이 유지되고 있다면 거기에 분명 누군가의 희생이 있다. 문득 어린 시절부터 나는 자신을 챙기는 성실한 사람이었다는 믿음 뒤로 엄마가 자명종에도 꼼짝 않는 나를 소리쳐 깨우고, 갓 지은 밥 냄새가 났던 아침의 시간이 떠오른다. 나를 사랑하는 엄마 덕분에 편하게 하루를 시작했는데, 그

고마움을 모르고 당연하게 여겼던 나도 그 회상 속 한가운데에 있다. 이제 내가 모든 것을 다 해내야 하는 더는 어리광을 부릴 수 없는 나이임을 새삼스레 떠올려본다.

어느 날의 문장 하나

사람이란 모름지기 자신이 무지하다는 사실을 알아야만 성장할 수 있다. 그런데 아는 것만 계속해 사용하면서 어떻게 자신의 무지를 기억할 수 있겠는가?

_『월든』, 헨리 데이비드 소로

사람의 태도는 짧은 대화나 책 한 구절로도 변할 수 있다.

_『희망의 이유』, 제인 구달

언제나 책을 읽을 것. 편협한 시선으로 이제까지 알게 된 것이 전부인 것처럼 말하는 내 모습에 실망하지 않기를. 그래서 늘 열린 마음으로 새로운 세계를 받아들이고 시야를 넓힐 수 있었으면 좋겠다. 우리는 매일 무언가를 배운다. 지식일 수도 있고, 삶을 대하는 태도나 자잘한 기술 같은 것일 수도 있다. 웃고 즐거워하는 감정까지 다른 사람에게 배우기도 한다. 매일 같은 틀 안에서 사는 사람은 고인 물이 되기 쉬운데, 활동 범위가 그리 넓지 않으니 협소한 인간관계 속에서 희로애락을 경험하고 미디어에 나오는 각 분야 권위자들의 말에 세뇌당해 어느새 비판하는 방법조차 잊어버리기도 한다.

가방은 들고 나가지 않더라도 읽을 책 한 권은 꼭 옆구리에 끼고 다닌다. 그냥 그게 나이고, 존재 이유 같아서. 그렇게 습관적으로 활자를 읽다 보면 다른 사람의 관점에서 세상을 바라보는 법을 배우게 되는데, 특히 울림이 강했던 책은 몇 번이고 다시 읽어 나의 것으로 만들어 삶의 방식을 바꿔버리기도 했다.

늘 궁금했던 것은 '나는 왜 살고 있는지'였다. 태어난 목적을 알 수 없어 앞으로 어떻게 살아야 할지 갈피를 못 잡고 방황했던 것 같다. 나의 직업이 신의 계획이고 이를 성실하게 해내야 한다는 청교도의 소명 사상에 맞춰 살아야 하나? 아니면 스토아철학의 주장처럼 백지 상태로 태어나 경험으로 자신을 완성해나가는 일일까? 나는 종교가 없고 특정 철학에 기대어 살아가는 사람도 아니다. 그래서 생각이 편향되어 있지는 않지만, 삶의 중심이 없어서 흔들릴 때가 많다. 그런 내게 책은 위안이다. 사는 것에 지칠 때면 서점이나 도서관에 가서 아직 읽고 싶은 책이 이렇게 많다고 생각한다. 소설, 영화, 뮤지컬로도 공연되고 있는 로알드 달의 〈마틸다〉에서 네 살 때 도서관을 처음 알고 닥치는 대로 책을 읽던 마틸다처럼. 도서관에서 책을 빌려 읽을 수 있다는 것을 알게 된 마틸다가 수레 가득 책을 싣고 집으로 돌아와 코코아를 마시며 책을 읽는 장면에서 나와 닮은 삶의 기쁨을 발견한 것처럼.

책과 나는 그저 평생 친구 같은 존재라 언제 어디서든 책을 펼친다. 집이 아니라면 지하철 독서를 가장 많이 하는데, 긴 출퇴근길도 책을 읽는 시간이라 생각하니 그렇게 힘든 시간인 줄 모르겠다. 문학만 읽는다면 〈빨간 머리 앤〉처럼 언제나 낭만적인 말과 무한한 상상으로 가득한 세상에서 살겠지만, 세상은 딱 하나만 존재하는 게 아닌 여러 분야가 긴밀하게 얽혀 돌아가는 곳이다. 책만큼은 편식하지 않고 사회, 경제, 인문 등 여러 분야의 책을 골고루 읽는 것이 편협한 자신의 사고방식을 변화시키기에 좋다고 생각한다.

언제나 답은 자신의 마음속에 있고, 그걸 발견하는 과정은 어렵다. 고민하지 않는 삶은 없다. 고민하는 그 자체가 어떤 일을, 그리고 삶을 다른 방식으로 바꿀 수 있다는 것을 알고 있는 것. 그러니 오늘도 자신을 달래는 방법으로 누군가의 고민과 성찰이 담긴 문장 하나를 찾는다.

리스트 덕후

인테리어 브랜드의 디자인 트렌드 세미나에 참석한 적이 있었다. 기록을 저장하고 관리하는 '아카이브Archive'를 트렌드 키워드로 제시했는데, 과거의 기록 속에서 미래를 창조하는 것이 아카이브의 핵심이라는 내용이 와닿았다. 과거의 생각이 오히려미래에 대한 해답이 될 수 있다는 신선한 해석이 마치 메모의중요성을 역설하던 많은 자기계발서의 세련된 버전 같았으니까.

나는 메모보다는 무엇이든 리스트로 정리하는 것을 좋아한다.iOS 사용자라서 넘버스Numbers로 표를 만들어 관리하는 것이참 많다. 돈을 관리하고, 식단을 짤 때도, 가지고 있는 옷의 목록, 반복해 사는 생필품 구매 리스트와 청소 주기, 병원 방문과약을 먹은 기록 등을 리스트로 만들어 정리한다. 대신 생리 주기, 수면과 걷기 기록처럼 건강 관련한 기록은 휴대폰의 관련앱으로 파악하는 편이 더 정확하다.

표를 만들어 무엇이든 관리하는 것은 직장생활을 오래 하면서 생긴 버릇인데, 한눈에 보이는 리스트 때문에 무언가 놓치고 있다는 묘한 불안감이 없다. 일종의 자기통제 기질로, 절제가 필요한 순간에 도움이 되기도 한다. 큰돈을 써서 무언가 사고 싶을 때는 자산현황표를 보며 몇 개월 후의 목표 금액 달성을 그려보며 참을 수 있는 것도 리스트가 가진 힘이다.

꼼꼼하거나 혹은 피곤하거나. 리스트를 만드는 것은 그런 종류의 일이다. 처음부터 무언가 표로 정리하는 것을 좋아한 것은 아니었지만 신경 써야 할 것이 조금씩 늘어나면서 머리로만 기억하기엔 한계가 생기는 것들이 있었고, 늘 사는 브랜드의 속옷 사이즈나 품번을 정리해두는 것처럼 반복되는 일을 할 때 두고두고 참고할 수 있어 시간 낭비를 막아주니 마치 비서를 둔 기분이다.

생활뿐 아니라 지식과 영감을 받았던 순간의 기록도 리스트나 워드 프로그램의 일종인 페이지Pages로 정리해두곤 한다. 책, 영화, 전시 등에서 내게 필요한 것만 골라 자료로 만드는데, 주로 문장이나 어떤 이야기들이다. 그렇게 마주한 수많은 영감의 시간을 잘 묶어두면 글을 쓸 때 활용할 일이 생기곤 한다.

리스트가 꼭 생산성과 효율성만을 위해 존재하는 것은 아닌 것 같다. 마치 이과생의 군더더기 없는 사실 나열의 일기(내 상상 속의 이과생은 수식으로 일기를 쓸 것 같다.)처럼 나를 더 잘 알게 해주는 발자취가 되기도 한다. 모아진 문장들을 보면 요즘 어떤 것에 관심이 많은지 알 수 있고—미니멀라이프에 대한 관심이 높았을 때 내가 모아놓은 문장들에 '최소한'이란 단어가 유독 많았던 것처럼— 빠져 있는 음악 리스트를 보면 내면에 어떤 감정이 흐르고 있는지도 눈치채곤 한다.

자아를 찾는다는 의미는 여전히 알 수 없고, 내가 누구인지 알아가는 것은 평생을 걸쳐도 답이 안 나올 것 같다. 한때는 여행을 떠나 일상과 멀어지거나, 삶을 단순화해 마지막까지 남아 있는 것들이 내가 누구인지를 알게 해줄 것이라는 조언들을 맹신할 만큼 꽤 절박하게 내가 왜 존재하고 있는지 알고 싶기도 했다. 하지만 지금 나는 내가 어떤 사람인지 더는 궁금하지 않다. 리스트에 의하면 네이비 색깔의 옷이 많은 편이다. 고기보다는 생선을 식단에 훨씬 더 자주 올린다. 건강하게 늙어가는 노후 준비에 관심이 많은 사람이 리스트 안에 있다. 조금 더 복잡하고 미묘한 존재라고 생각했던 나 자신, 실상 리스트가 말해주는 것처럼 상당히 단순하게 먹고 입고 살고 있구나.

2

제대로 먹는 것이 전부

더는 미룰 수 없는 건강한 식습관

영양을 담은 장바구니

깔끔하게 정리된 집에 혼자 살며 손수 요리해 아주 우아하게 '혼밥' 하는 일본 드라마 〈결혼 못 하는 남자〉의 주인공, 마흔 살의 독신남으로 괴팍한 성격 탓에 결혼을 못 했다는 설정이다. 그 성격이란 쇼스타코비치의 교향곡 5번을 틀어 옆집의 층간소음에 대적하거나 독설을 남발하는 것이다. 물론 그 드라마를 보는 재미는 결혼이라는 커다란 테마보다는 요리였다. 그의 냉장고에는 가지런히 정리한 식료품이 들어차 있고, 잘 손질된 재료로 직접 초밥을 만들어 먹는 모습이 지금의 삶에 무척 만족하는 듯 보였다. 어쩌면 나의 지금과 비슷한 행동이 유독 눈에 들어왔는지도 모르겠다.

오늘은 소문난 명인이 만든 멍게젓의 뚜껑을 처음 열어보는 날이다. 멍게 특유의 향이 갓 지은 잡곡밥과 깨끗하게 씻어 잘게 자른 채소와 잘 어우러진다. 별다른 양념 없이 쓱쓱 비벼낸 멍게 비빔밥에 고소한 참기름 한 방울. 갓 끓여낸 냉이 된장국을 곁들여 여유롭게 먹고 나니 하루치 피곤이 풀린다. 단순하게 차려낸 혼자의 밥상이 건강하고 맛있다.

'혼자 살수록 끼니만큼은 건강하고 확실하게 챙겨 먹자.' 사실 이런 다짐을 꾸준히 지켜나가고 있는 것은 그리 오래되지 않았다. 무엇이든 사 먹을 수 있는데 굳이 요리할 필요가 있을까? 그 시간이 아깝다고 생각해서다. 그런데 외식이 잦아질수록 살이 찌고 배가 고프지 않은데 자꾸 입이 궁금했다. 열량이 높고 짜고 다디단 음식을 많이 먹은 게 일종의 음식 중독을 불러왔던 것 같다. 내게 가장 큰 재산인 몸뚱어리 하나 아무거나 주워 먹고 탈 나면 안 되겠다는 깨달음에 아기에게 밥 먹이듯이 유기농 식료품을 골라 사고, 가공식품은 줄이고 채소와 좋은 단백질을 먹자고 다짐했다. 이제, 마치 국·영·수 중심 교과서로 공부하는 모범생처럼 한눈팔지 않고 요리 생활을 이어나간다.

그렇게 요리가 일상의 중심으로 자리 잡자 장보기가 일종의 '소확행'이 된다. 최근 시골의 로컬푸드 직판장에 갔다가 싱싱한 채소들이 저렴한 가격에 주르륵 진열된 것을 보고 충동 구매를 자제하느라 꽤 힘들었다. 시골에서 살면 먹는 것만큼은 원 없이 맛나게 먹고 살겠다며 입맛을 다시며 실컷 진열된 식품들을 구경하다 질 좋은 잡곡과 검은콩을 저렴하게 사고 나니 패션 아이템을 쇼핑할 때와 유사한 기분이 들었다. 이틀리Eataly나 딘앤델루카 같은 수입 식품점의 독특하고 조금은 비싼 식재료를 찬

장에 예쁘게 넣어 둘 때의 만족감이 화려한 실크 스카프를 두르는 것이라면, 로컬푸드의 잡곡은 품질 좋은 심플한 울니트를 매일 입는 느낌 같다.

가게에서 직접 눈으로 보고 고르는 소소한 장보기는 한두 개까지. 결국 무거운 짐을 운반할 차가 없어 대부분 '마켓컬리'나 'SSG' 앱으로 사진만 보고 장을 본다. 믿을 만한 좋은 음식 재료를 편리하게 사는 효율성에 감탄하지만 배달된 식료품의 엄청난 포장지들을 뜯고 정리하고 나면 컴퓨터 아이콘이 아닌 실제의 장바구니에 흙 묻은 대파가 꽂혀 있었던 심플한 장보기가 그리워지곤 한다. 좋은 음식을 먹으면서 환경까지 생각하자면 일하는 시간을 줄이면 좋을 텐데… 아니면 '팜투테이블Farm to Table 운동'처럼 농장에서 길러 직접 요리하는 것은? 배달된 장바구니를 정리하면서 텃밭을 가꾸는 나를 상상하지만, 사실 그런 일은 보통 결심으로 할 수 없다는 현실적인 생각에 그저 열심히 판매자의 제품 설명을 읽어보고 유기농 인증을 확인한 다음, 터치 한 번으로 장바구니에 담는 일을 반복한다.

과대 포장 장보기에서 작게나마 내가 할 수 있는 일은 운반에 드는 탄소 배출을 최소화하고 포장재를 따로 거두는 번거로움을 줄이기 위해 일주일에 한 번 정도만 주문하자는 원칙이다. 그러자면 계획적인 식단이 필요하고, 일요일은 일주일 치의 식단을 짜는 날이 된다. 표를 만들어 단백질과 채소, 탄수화물, 지방으로 칸을 나누고, 단백질 음식 재료를 중심으로 주인공이 될 메뉴를 정한다. 날씨 예보를 보고 서늘한 날 마음마저 따듯하게 하는 전골을 메뉴에 넣기도 하며, 그날의 기분이나 활동량에 따른 열량을 상상하는 것이 식단을 계획할 때의 포인트. 식단대로 먹었는지 하루를 기준으로 점검하고, 덧붙이는 말을 쓰는 칸을 두어 건강 상태가 안 좋았거나 후회되거나 특별히 기억나는 메뉴가 있었다면 나중에 참고하려고 적어둔다. 그리고 좀더 재미있게 먹고 살려고 홈메이드 식단에 백반집처럼 메뉴 이름을 종종 붙여본다. 낫또 생선구이 정식, 채소 듬뿍 카레 정식, 리얼 게살 볶음밥… 오늘 신메뉴로 개발한 멍게 비빔밥도 만족스러웠으니 개성 있는 이름 그대로 고정 식단에 올려본다.

행복한 집밥

한국 사람들의 일상적인 인사는 식사에 대한 것이다. '안녕하세요'보다 '식사하셨나요?'를 더 자주 쓴다. 가까운 사이일수록 더욱. 우리 문화권에만 있는 인사말이라고 들었는데, 그만큼 끼니를 챙기는 것이 절대적으로 소중하다는 의미일 테다. 조선시대 때 한국을 찾은 외국인들이 놀란 엄청난 크기의 밥공기 유물과 TV 속 수많은 '먹방'이 증명하듯 우리 어딘가에 대식가의 유전자를 갖고 있음이 분명하다.

나의 아침 일과 중에 '밥 짓기 준비'가 들어 있는 것은 다가오는 저녁 식사를 미리 준비하기 위함이 큰데, 검은콩을 넣은 잡곡밥은 반드시 두 번 먹을 수 있을 정도의 양만큼만 짓는다. 갓 지어낸 밥은 냉동된 밥과 비교 불가로 맛있으니 조금 수고스럽더라도 그렇게 지낸다. 탄수화물을 먹는 양을 줄이기로 한 뒤로 밥을 짓는 양은 예전보다 적어졌어도 밥은 여전히 집밥의 주인공이다. 아침에 잘 씻어놓은 쌀은 퇴근 시간 즈음 적당히 불려 있어 잡곡밥임에도 빠르게 밥이 된다. 퇴근 후 배가 고파도 집으로 돌아오면 금세 갓 지은 따뜻한 밥을 먹을 수 있는 안정적인 행복을 누리며 사는 것. 그건 내게 소박한 기쁨이 된다.

물론 집밥이란 말 그대로 집에서 먹는 밥 그 자체만은 아닐 것이다. 어릴 때부터 집에서 익숙하게 먹고 자란 음식들을 의미할 때가 더 많은 '엄마가 해준 밥'으로 통하는 바로 그 밥. 더는 어리지도 않은데, 엄마는 전화할 때마다 항상 밥을 잘 챙겨 먹는지부터 묻는다. 내가 방금 좋은 품질의 참치에 이탈리아산 트뤼프 소금과 후추로 간해서 참치타다끼를 만들어 유기농 채소와 곁들여 먹었다고 말하진 않는 대신 그저 잘 챙겨 먹고 있으니 걱정하지 말라고 하지. 피부에 광이 날 정도로 잘 먹고 살고 있지만, 엄마의 두 눈으로 보지 않으니 내가 굶주리고 있다가 힘겹게 김밥 한 줄 사다 먹는 것으로 상상하시는 것 같다.

독립한 지 얼마 되지 않았던 이십대 중반. 오랜만에 집에 가서 엄마가 해준 밥을 먹으며 그 맛에 감동하여 눈물을 흘린 적이 있다. 보살핌만 받았던 어린 시절이 끝나고 책임이 따르는 사회생활을 시작한 나의 힘겨움이 엄마의 밥에 녹아 내려서다. 시간은 거꾸로 흐르지 않고 언제나 앞으로만 간다. 어설프게 시작한 어른의 역할이 수십 번은 더 울고 강해지자고 결심하고 마음에 여러 생채기가 남은 채로 익숙해지고, 살면서 욕심을 조금씩 내려놓는 법을 배우는 동안 나만의 가정식이 탄생하기에 충분한 시간이 지났다.

엄마는 섭섭하게 생각할 테지만, 최근 몇 년 동안 엄마의 가정
식이 먹고 싶다는 생각을 하지 않고 산다. 외국으로 여행을 떠
나도 내가 직접 만든 음식들을 그리워한다. 심심하게 간한 내
손을 거친 요리들이 이제 나의 집밥이다. 엄마의 집밥은 가족의
각기 다른 입맛에 맞춰야 한다는 메뉴 고민이 컸다. 그래서 가
족과 함께 살 때는 내가 정말 먹고 싶은 것만 먹기란 아무래도
힘든 일이었다.

어른이 된 보상으로 선택의 자유가 생겼다. 남들의 통제를 받지
않고 내가 하고 싶은 것을 마음대로 할 수 있는 특권. 그중에서
도 가장 결정권이 많은 것은 먹고 싶은 것을 마음껏 먹을 수 있
다는 점이 아닐까? 혼자 살면 옆에서 간섭하는 사람이 없어서
더욱 그렇게 살기 쉬운데, 솔직히 하루에 치킨을 두 마리 이상
뜯는다고 해서 잔소리할 사람도 없다. 하지만 그 결과로 살이
찌고 몸이 붓고 소화가 안 되는 책임은 모두 스스로 져야 한다.
그렇게 무책임하게 하고 싶은 대로 하며 살다가 결국 아프고 후
회하는 일이 생겨도 내가 저지른 일이라 아무도 탓할 수 없다
는 점이 어른이 되어 마음대로 산다는 것의 가장 고통스러운
부분 같다.

모든 것은 직접 경험해보기 전에는 깨닫기 힘들고, 큰 계기 없이 삶의 방식을 바꾸는 것은 어렵다. 밥을 지어 먹는 일이 귀찮아서 대충 만들어진 음식을 사 먹는 일이, 나중에 더 큰 귀찮음을 만드는 것이란 생각을 하기 힘들기도 하고. 집밥에 향수를 느끼는 것은 집밥에 사람들 간의 유대감이 담겨 있고 그것이 건강한 음식이라는 믿음 때문일 것이다. 자신을 잘 돌보고 있는 것의 상징인 집밥. 나를 잘 먹이기 위해 오늘 아침에도 쌀을 씻는다. 잡곡이 백미보다 더 영양이 풍부하기 때문에 잡곡밥을 먹는다. 다가오는 나이를 생각하면서 소화가 잘 안 되는 빵은 되도록 먹지 않으려 한다. 나에게는 당연한 선택들. 무엇이든 자신만의 철학이 있어야 선택의 기준도 생겨나듯이 나의 가정식은 건강 우선주의이고, 그건 다른 어떤 것과도 타협할 수 없는 절대적인 방향이 된다. 건강을 잃어본 뒤에야 비로소 깨달은 값비싼 결론이다.

1인분의 요리 생활

'적게 장보기, 적게 요리하기, 적게 먹기.'
적을수록 좋다. 심지어 조리 도구도 레시피의 단계도 간단할수록 몸에 좋은 음식을 먹는 일에 가까워진다. 집에 대부분 있는 믹서조차 없이 작은 부엌에서 몇 가지 조리 도구만 가지고 재료 자체를 살려 심플하게 요리한다. 밥을 차려낼 때는 그릇 컬렉터가 되고 싶다고 열망했던 과거가 부끄러울 만큼 가지고 있는 몇 가지 그릇만 소중히 쓰고 있다. 질 좋은 자연의 음식을 내 손으로 만드는 요리의 시간. 저녁 식사를 준비하면서 내일 회사에 챙겨 갈 도시락을 만드는 일은 즐거운 놀이다.

5년 전에 처음 본격적인 요리를 시작했다. 그전까지만 해도 먹는 것이란 컵라면으로 허기만 달래도 그만인 일이었다. 영화 〈화양연화〉의 영상미보다 더 눈길을 사로잡았던 장면, 퇴근 후 치파오를 잘 차려입고 국수 통을 들고 매번 저녁을 사러 나갔던 영화 속 장만옥의 일상이다. 쓸데없이 아름다운 외출을 바라보고 있으면 가게에서 음식을 사 오는 일이 퍽 세련되게 느껴진다. 그렇지만 무언가 남이 팔려고 내놓은 음식을 사 먹는 일, 심지어 건강을 생각한다는 컨셉을 가진 가게에서조차 충분히 영양 가득한 음식을 먹을 수 있는지는 의심이 가곤 한다. 보통 식당에서는 손님을 끌기 위해 온갖 조미료를 퍼부어 음식을 만들곤 하니까.

시간을 아끼려면 사 먹는 음식이 편하고, 집밥을 만드는 것보다 더 경제적일 수도 있겠지만 먹는 일이 시간과 돈을 더 투자해도 될 만큼 무척 가치 있는 일임을 깨달은 뒤로 요리는 선택이 아니라 필수가 되었다. 비싼 병원비보다 좋은 먹거리를 사는 편이 더 싸고, 건강 문제와 피부 트러블을 해결하기 위한 가장 확실한 방법은 신선한 채소와 과일, 생선과 같은 진짜 음식을 직접 요리해 먹는 것에 있었다. 내가 먹는 음식을 만들면서 발음하기도 어려운 이름을 가진 온갖 화학물질을 섞어서 요리하는 사람은 없을 것이다.

요리는 정서적인 안정감도 가져왔다. 낮에는 사무실에서 온종일 눈과 뇌세포를 혹사하며 손가락을 움직여 일했다. 특별히 촉감을 느낀 것이라곤 컴퓨터의 키보드나 휴대전화 터치스크린밖에 없다는 것은 꽤 슬픈 일이다. 오감을 충족시키고 살아야 삶이 충만해지고, 따뜻한 피가 흐르는 사람은 자연과의 교감이 필요한 법. 화분에 물을 주는 것 말고는 흙과 나무를 마주할 일도 별로 없는 도시인이 자연과 만나는 가장 일상적인 일은 자연이 키워낸 채소들을 만질 때 같다. 저마다 다른 촉감과 향을 가졌고, 그 향을 맡으며 이런 게 진짜 아로마테라피라는 기분이 든다. 달걀 껍데기와 양파 껍질이 손에 닿는 느낌 그 자체는 가공식품이 흉내조차 낼 수 없는 날것 그대로의 아름다움이 있다는 것도 알게 된다.

나는 부엌에서 계절의 흐름을 느낀다. 시장에 나오는 음식 재료, 특히 채소와 싱싱한 해산물이 사실은 계절 한정판임을 알게 되는 것인데, 디자이너의 리미티드 에디션 옷을 살 때와는 전혀 다른 차원의 즐거움이다. 이때가 아니면 1년을 기다려야 맛볼 수 있다는 것은 먹는 일에 지루할 틈을 주지 않는다. 올해 날씨에 따라 시금치 한 단의 가격이 천 원에서 만원까지 롤러코스터 타듯 바뀐다는 것도 경제 신문에 적힌 숫자가 아닌 시장에서 체감한다. 요리하는 시간은 쏜살같이 흘러가는 시간 속에서 계절이 주는 작은 축제를 느낄 수 있는 일. 지금 나를 위한 1인분의 요리를 준비할 시간이다.

숟가락을 내려놓는 용기

음식을 대하는 세 가지 자세에 대하여

— 부족한 듯 먹는 것이 가장 좋아.
— 삼시 세끼만 챙겨 먹고 간식은 먹지 않지.
— 조금씩 담아 우아하게 천천히 먹는 것은 참 멋진 일이야.

무화과 한 알을 반으로 나눠 큰 스푼으로 요거트를 얹고 통 아몬드 한 줌을 얹은 아침 식사, 점심은 아보카도 한 개를 으깬 다음 샐러드 채소와 삶은 달걀 한 개를 곁들인 회사에서 먹는 도시락, 저녁에는 파스타 면보다 채소와 해산물을 더 많이 넣은 1인분의 파스타를 먹었다. 오늘 먹은 고마운 세 끼의 식사.

적당히 먹기 생활을 시작한 것은 이제 석 달째에 접어든다. 늘 바라던 소식 생활은 무자비한 식탐으로 무너지곤 했는데, 목숨이 달린 일이다 보니 자연스러운 식습관이 되어간다. 원하는 건강 체중에는 도달하지 못했지만, 정상 체중을 유지하고 있고,

소화가 잘되어 위장이 항상 편안하다. 좋은 식료품을 사느라 식비는 절약되지 않지만, 확실히 시간은 아낄 수 있다. 먹는 시간이 줄었고, 소화하는 시간도 줄어들었으니까. 여기에 음식물 쓰레기가 거의 나오지 않는 날들이 계속된다.

『혼자의 발견』이라는 에세이에서 발견한 문장. 가장 깔끔하고도 무서운 욕이 '평생 지금 그 모습 그대로 사세요'라고. 소식을 시작하게 된 것은 건강검진 결과표의 전문적이고도 무자비한 욕 때문이었다. 계속 예전처럼 살면 질병과 병원비의 고통이 함께 찾아오며, 결국에는 병원 다니다 죽게 될 것이라는 말이 알 수 없는 기호가 붙은 수치와 정중한 조언들로 채워져 있었다. 좋은 쪽으로 변해야 할 순간이 온 것이다.

적당히 먹는다는 것은 식사량 조절에만 있는 건 아니다. 영양이 풍부한 자연의 음식을 적절하게 먹자는 것에 가깝다. 사람의 몸은 무엇을 먹느냐에 따라 달라지기 마련이다. 십대까지 육류를 절대 먹지 않고, 페스코 베지테리언(생선, 달걀, 유제품까지 먹는 채식주의)으로 살았던 나는 지금도 고기를 그다지 즐기지 않는다. 내가 사는 세계에는 치맥의 기쁨이란 존재하지 않으며, 삼겹살에 설레어하는 사람들의 심정도 잘 모르겠다. 검진 결과의 혈중 콜레스테롤 수치 중 HDL 콜레스테롤이 정상 범위보다 조금 높게 나왔는데, HDL 콜레스테롤은 혈관을 깨끗이 청소해주는 좋은 콜레스테롤이라고 한다. 생선, 채소, 견과류를 즐겨 먹다 보니 그런 것일지도 모른다. 대신 공복혈당은 정상치보다 조금 높아 당뇨까진 아니지만, 경계는 필요하다고 했다. 건강검진 결과표를 본 뒤로 흰 밀가루 빵과 크림 등이 들어간 디저트를 끊었다. 도저히 초콜릿과 아몬드가 들어간 바닐라 아이스크림은 포기할 수 없어 한 달에 두어 번 우울한 날의 치료제로만 남겨두었다.

"고기와 밀가루를 멀리하면 오래 살 수 있지만, 그렇다면 딱히 오래 살 이유가 없다." 빅스Vixx의 래퍼 라비가 SNS에서 인기를 얻은 말을 방송에서 인용하면서 먹는 즐거움에 대한 사람들의 공감을 샀는데, 나는 고기와 밀가루를 지극히 적게 먹더라도 오래 살고 싶다. 20세기에 태어나 21세기에 살아가고 있으며 22세기 시작쯤 죽음이 찾아오면 좋겠다고, 묘비명은 '3세기에 걸쳐 살았던 사람, 여기에 잠들다'로 정해놓았다. 재미없는 농담이긴 하지만 단순히 장수만을 바라서가 아니라 아프지 않고 최상의 컨디션을 유지하다가 자연 수명이 다해 고통 없이 평화로운 끝을 맞이하고 싶은 바람 때문이다. 질병은 갑자기 찾아오지 않는 법이다.

아무것이나 허겁지겁 입에 집어넣지 않는 일, 무엇을 먹는지 생각하며 먹고 왜 그것을 먹었는지 의문을 품으며 먹는 일은 즐겁다는 기분과는 거리가 멀 수도 있지만, 나는 한번 아파본 경험에 이미 충분히 놀래서 작은 경고에도 쉽게 행동을 바꿀 수 있었다. 배가 고프지 않아도 심심하면 가끔 군것질하기도 했는데, 당뇨에 대한 두려움 이후로 그런 습관마저 사라졌다. 자극적인 맛을 즐기는 식사가 아닌 영양을 고려하며 먹는 식사로 질병의 고통에서 완전히 벗어날 수 있을지는 잘 모르겠지만 지금까지 컨디션은 양호.

물론 적당히 먹기 생활에는 위기가 찾아오기도 한다. 여럿이 모여 외식할 때가 가장 위험하다. 특히 뷔페라면 더욱 큰일이다. 맛보고 싶은 음식들이 눈앞에 가득해 평소보다 과식하기 쉽다. 식탐 제어가 안 될 때는 먹방을 찍는 연예인 흉내를 낼 것이 아니라 단전 끝에서부터 의지를 끌어모아 배가 과하게 부르기 전 숟가락을 내려놓는다. 뷔페에서는 접시에 한 입 맛볼 정도로만 음식을 담는데, 믿거나 말거나 원래 단 한 입만으로도 우리의 미각은 만족한다고 한다. 잘 짜인 프렌치 코스의 음식처럼 차가운 음식(샐러드)부터 따뜻한 음식으로 순서에 맞춰 음식을 예쁘게 담아내어 먹는 것도 폭식을 막는다. 한 번쯤은 괜찮겠지라며 나를 봐주는 일은 하지 않기로 한다. 적당히 배불리 먹는 것이 습관이 될 때까지 오래 씹으며 천천히 먹는 연습을 하는 것이 유일한 방법. 머릿속으로 의사이 욕, 이니 충고를 떠올리면서.

출근하는 점심 도시락

일을 하는 모든 사람에게 점심이란 일과 휴식이라는 벤다이어 그램 사이 교집합 같다. 애매하게 걸쳐 있는 그 시간은 먹고 살기 위해 일하니까 대충 먹고 싶지 않고, 건강하게 살고 싶으니 풍부한 영양소가 들어 있는 깔끔한 음식이 좋겠다. 나의 바람과 달리 직장 동료 중에는 스트레스를 받는다는 이유로 비정상적으로 맵고 짜거나 기름진 음식을 점심 메뉴로 선택하곤 했다. 특히 남자 선배들은 전날 술을 마시고, 다음 날 해장국을 즐겨 찾았다. 음식 취향이 맞지 않은 사람들이 여우와 두루미처럼 식사하는 일은 서로 곤란하다.

파리지엔의 점심 문화처럼 평균 두 시간이라는 넉넉한 점심시간이 주어지고 각자 먹고 싶은 것을 먹고 오는 것이 당연하면 좋겠지만, 우리나라는 보통 한 시간의 점심시간과 메뉴 통일 또는 몇 가지를 시켜 나눠 먹기와 같은 효율적인 것을 더 선호한다. 그러니 여유롭게 내가 먹고 싶은 것을 오롯이 즐기기를 원하는 나로서는 주로 직접 만든 도시락을 먹는다. 사내 식당이 본사에만 있는 회사에 다녀서 지사에 근무하는 나는 식비를 돈으로 받고 있다. 강남 물가에 한 끼 먹기에는 부족한 돈이지만, 식료품을 사기엔 충분하다. 그러니 회사에 가져갈 도시락을 준비하면 건강한 음식을 먹으면서 사 먹는 것보다 돈도 절약할 수 있다. 출근 전 냉장고에서 어제저녁에 만든 도시락을 꺼내 출근하는 성실함은 회사에서 하루를 잘 보낼 힘이 되어준다.

사실 야근이라도 한 날이면 도시락을 싸는 일이 귀찮다. 게다가 이제까지 다녔던 모든 회사가 도시락을 챙겨 먹을 수 있었던 환경은 아니었다. 점심 미팅이 많은 회사에 다녔을 때는 밥을 먹으며 이뤄지는 업무에 집중하느라 제대로 점심을 먹을 수 없는 날이 많았고, 도시락을 먹기에 카페테리아가 제대로 갖춰지지 않은 사무실 환경도 있었다. 하지만 무엇보다 도시락은 직장 동료들과 업무 외에 어울릴 수 있는 시간을 차단한다는 점에서 팀워크를 중시하는 조직에서는 환영받지 못하기도 했다.

그 누구도 내 사정 따위는 아랑곳하지 않고 점심 메뉴마저도 목소리 크고 힘 있는 사람들이 정해버리는 점심시간은 꽤 화가 나는 일이다. 그리고 그런 사소한 것에도 회사의 분위기가 녹아나 있다. 하지만 건강은 스스로 챙겨야 하니, 눈치 보지 않고 내가 먹고 싶은 것을 먹을 수 있는 용기를 내어 "저는 따로 먹을게요." 하며 혼밥을 하는 것도 방법일 수 있다. 물론 어울리기 싫

어서 겉도는 사람처럼 보인다는 문제도 있다. 그러니 다이어트
나 건강상의 이유를 대며 도시락을 먹는 편이 더 설득적일 수
도 있다(먹는 것마저 업무 태도의 하나로 평가받는 것은 꽤 피곤한
일이 아닌가!). 게다가 회사 동료들과 친해질 기회는 도시락에도
있다. 점심 도시락을 즐기는 나와 유사한 성향의 사내 사람들과
교류할 수 있으니까.

회사에서 먹을 점심은 월요일부터 금요일까지 내 입맛에 맞는
건강한 메뉴를 간소하게 챙겨 담는다. 대부분 전날 저녁 메뉴를
넉넉하게 만들어서 다음 날 점심 도시락까지 준비하는 것이 일
상. 시간을 많이 들이지 않고도 회사에 가져갈 도시락까지 마련
할 수 있다.

요즘은 밥을 건너뛸 만큼 살인적 업무량이나 미팅의 연속인 회
사에 다니지 않아서 감사하다. 개인이 원하는 것을 하는 것이
존중되는 조직 문화인 것도 기쁘다. 회사에서 직접 준비한 도
시락을 여유롭게 먹을 수 있다는 것으로도 충분히 회사생활이
만족스럽다고 생각하는 내가 너무 소박한 것일지도 모르겠지
만.

친애하는 검은콩

나이가 들어서도 꼭 지키고 싶은 세 가지 중에 모발, 피부, 치아 건강이 있다. 담백하고 맑은 눈과 바른 자세도 물론 중요하다. 하지만 즉각적으로 나이가 느껴지는 것은 아무래도 거친 머릿결과 푸석해 보이는 피부인데 여성호르몬이 줄어든 것이 그 원인이라고 한다. 나이 들어감을 인정하는 것과 내버려두는 것은 다르다. 예뻐지기 위한 집착이라기보다 건강의 관점에서 먼저 생각하고 관리하면, 외모도 자연스럽게 개선될 것이라 믿는다.

청춘의 시간이 지나 중년으로 향하는 길목에 있다면, 진시황의 불로초처럼 누구나 노화를 지연시켜주는 것에 큰 관심이 생기기 마련. 어떤 사람에게 우엉이 그러하듯, 나에게는 검은콩이 심리적 노화방지제이다. 여성호르몬이 줄어들 몇 년 후의 나에게 보탬이 될 영양소라 믿고 있으며, 탈모를 막아줄 묘약에 가까운 무언가라는 생각이 든다.

피부를 촉촉하게 보이게 하는 것도 머릿결에 반짝이는 윤이 나게 하는 것도 에스트로겐의 역할이다. 노화로 에스트로겐 분비가 줄어들면 윤기가 감소하고, 자연스럽게 피부는 거칠어진다고 한다. 준비가 되어 있다면 걱정할 것이 하나도 없다는 나의 평소 생활신조에 따라 다가오는 중년을 막연히 두려워하기보다 미리 알아두고 준비하고자 했다. 외모 관리뿐 아니라 폐경 이후의 골다공증도 미리 대비하면 예방할 수 있을 거라는 생각으로. 여자라면 여성호르몬에 대해 공부할 필요가 있는데, 호르몬 관련 책은 무궁무진하고 포털 사이트에 검색만 해봐도 수많은 지식을 얻을 수 있다. 몇 가지 상식적인 지식을 쌓으며 얻은 것은 공통으로 폐경기에 도움이 되는 음식으로 콩을 꼽는다는 점이었다.

제대로 먹는 것이 전부

콩에는 이소플라본이 풍부한데, 이소플라본은 에스트로겐과 비슷한 작용을 해 폐경기 건강을 돕는 좋은 성분이라고 한다. 꼭 검은콩이 아니어도 두부나 낫또와 같은 콩 제품은 모두 도움이 된다고. 하지만 특히 검은콩은 피부 건강을 위한 비타민E, 모발 관리에 좋은 성분이 풍부하다고 여러 건강 칼럼에서 전문가들이 입을 모아 말한다. 사람마다 체질이 다르고, 꼭 검은콩만이 이런 영양소를 가지고 있는 것은 아닐 테지만, 구하기 쉽고 먹기 편하기 때문에 검은콩을 계속 먹게 된다. 검은콩은 껍질째 먹어야 효과가 있다고 하여 밥에 넣어 검은콩밥을 주로 짓고, 콩자반이나 두유로 먹기도 한다.

사실 그 누가 알까. 정말 내 건강에 도움이 되는지, 혹은 체질과 맞지 않아 먹지 않는 게 맞는지. 적어도 약 맛이 심한 비타민제와는 차원이 다른 자연 그대로의 맛있는 콩. 그 맛은 계속 먹어도 질리지 않는다. 아직 나는 젊은 편이고 건강한 혈색과 거칠어 보이지 않는 모발을 가졌지만, 시간은 쉬지 않고 지날 것이고, 대비한다고는 하지만 결국 조금씩 외모는 변할 것이다. 지금 콩을 즐겨 먹는 것은 어쩌면 콩이 나의 건강에 도움이 될 거라는 믿음 같은 것, 그러니까 안심 담요 역할을 하는 것일지도 모르겠다.

홍차를 마시는 여유

출근할 준비는 끝마쳤다. 들고 나갈 가방은 현관 근처에 있고 오늘 신을 신발도 이미 꺼내어져 있다. 테이블 위에는 펄펄 끓인 물에 잘 우려진 홍차 한 잔에 레몬이 곁들여져 있고, 이내 마시기 좋은 온도로 고요하게 식어간다. 나는 홍차를 홀짝이며, 아이패드를 꺼내 들어 경제신문 앱으로 주요 기사의 제목을 훑어보고, 몇 가지 도움이 되겠다 싶은 소식은 메일로 보내 스크랩을 한다. 느긋하고 또 느긋하다.

어젯밤 열심히 출근 준비를 해둔 덕분에 집에서 홍차를 곁들인 특별 조식 시간을 벌었다. 집에서 나가기 한 시간 반 전에 일어나 쌀 씻기—가벼운 청소—스트레칭의 시간을 보내고 나면 몸치장에 걸리는 시간이라곤 고작 15분. 입을 옷을 고민할 일도, 메이크업이 복잡한 것도 아니니 남은 시간은 모두 조식 먹는 시간이다. 아침을 든든하게 먹어야지 하는 마음보다 내 안의 호사 요정이 호텔 조식 비슷하게 차려 먹으면 하루가 여행처럼 특별해질 거라고 이야기한다. 여행지에서 먹는 조식은 맛보다 여유를 먹는 시간 같다. 바쁠 것도 없고, 긴장될 일도 없는 비일상적인 공간에서 맞이하는 아침. 유럽의 작은 호텔에서 먹는 그저 그런 크루아상과 홍차마저 특별하게 느껴지는 순간을 꼭 여행지에서만 느끼라는 법 있나. 멀리 가지 않고 나의 일상에도 설렘의 양념을 칠 수 있다. 누군가는 핸드드립 커피를 내리며 커피 향으로 아침의 설렘을 채운다면 내겐 홍차다.

홍차를 마시며 오늘은 무슨 일을 해야 하는지 정리해본다. 휴대폰의 메모 앱에 오늘 해야 할 일과 하고 싶은 일을 적어보는데, 해야만 하는 것은 업무나 집안일 관련이고, 하고 싶은 것은 말 그대로 해도 좋고 안 해도 상관없는 일을 적는다. 잠들기 전 침대에 누워 영화를 보고 싶다고 적어둔다 해도 결국 저녁에 읽기 시작한 책에 빠져든다면 영화 보는 것 정도는 까맣게 잊어버려도 상관없으니까.

커피 없이 못 사는 바쁜 직장인들이 테이크아웃 커피 컵을 들고 출근하는 분주한 걸음과는 확실히 다른 모닝 티 한 잔. 티는 여유 있는 사람들을 위해 존재한다. 코팅된 종이컵에 담긴 순간 맛도 매력도 없어져 테이크아웃으로 주문할 만한 음료도 확실히 아니다. 심지어 팔팔 끓인 물을 티컵에 부어 찻물이 우러나도록 3분이나 기다려야 한다. 아침에 티를 마시며 보낸다는 것은 '바쁜 현대인'이라 이름 붙여진 요즘 사람들의 생활 방식에 반하는 매우 사치스러운 시간이고, 나는 일상의 호사를 즐기니 기꺼이 그 시간을 만들어내고야 만다.

아침 식사로 먹는 요거트볼과 쌀쌀한 날 우려 마시는 홍차의 티컵에서 느껴지는 체온에 가까운 온도가 좋다. 아침에 잠을 깨우려고 모닝커피를 마시는 것과 달리 카페인을 원해서 홍차가 필요한 것이 아니다. 내게 홍차의 시간은 그저 근면 성실하게 보낼 오늘 해야 할 일을 곱씹는 것 외에도 무엇을 하면 오늘도 즐거운 하루가 될 수 있을지를 그려보는 순간. 그리고 하루의 수고가 끝난 뒤에 어떤 달콤한 시간을 보낼지 미리 상상하는 하루의 시작이 담겨 있다.

레몬 한 조각

르네상스의 발상지인 이탈리아의 피렌체, 그곳의 유명한 카페 질리Caffè Gilli에서 얼 그레이 홍차를 주문하자 레몬이 함께 따라왔다. 하얀 도자기 위에 가지런히 누워 있는 레몬 한 조각을 홍차에 넣어 마시는 호사가 휴가의 여유로움을 더하던 그때. 이탈리아 남부에 유명한 레몬 산지 '아말피'가 있다는 지식이 업데이트되고, 리모네Limone라는 이탈리아의 레몬 음료는 레모네이드와는 차원이 다른 상큼함이 있다는 경험을 얻었다. 레몬과 이탈리아를 연결 지어 생각해본 적이 없었던지라 예상치 못한 발견이 꽤 신선했다.

어떤 여행지에서든 그 나라의 조잡한 기념품을 사지 않은 지 오래다. 여행자들 리뷰 사이에서 '예쁜 쓰레기'라 험하게 불리는 마그넷이나 엽서들은 여행을 기념하기보다 집에 굴러다니는 불필요한 잡동사니가 되기 쉽다는 생각에서다. 대신 이탈리아 여행 끝에 기념으로 가져온 것은 바로 레몬을 일상에 들이는 그들의 문화였다.

장바구니 목록에 빠지지 않는 신선한 레몬 하나. 매주 레몬 하나를 사서 베이킹소다로 껍질을 잘 씻어낸 후, 슬라이스로 자르고 쓴맛이 나는 씨를 모두 없앤다. 그렇게 정리한 레몬을 밀폐 용기에 담아 필요할 때마다 꺼내 쓰는데, 홍차와 탄산수에 넣어 마시기도 좋고, 생선 요리와 샐러드를 만들어 먹을 때도 유용하다.

레몬을 음식에만 쓸 수 있는 것은 아니다. 버리기 직전까지 두루 쓸 수 있는데, 파리지엔이 삶을 대하는 태도는 물론 여러 미용법을 얻을 수 있었던 책 『파리지엔은 남자를 위해 미니스커트를 입지 않는다』에서 부엌에서 레몬을 짜고 나면 바로 쓰레기통에 버리지 말고, 레몬 껍질로 손톱을 문지르라는 조언이 있었다. 레몬 껍질로 손톱을 문지르면 손톱이 단단해지고 색깔도 하얗게 된다고 한다. 그래서 레몬을 버리기 전에 늘 손톱에 문지르는데, 네일아트를 멈춘 지 3년이 넘은 손톱이 더 건강하게 보인다. 화장품 대신 부엌에서 미용을 위한 심플하고 건강한 천연 화장품을 얻은 셈이다.

늘 비슷한 일이 끊임없이 되풀이되는 일상에서도 가끔은 새로운 것을 더해 변화를 주고 싶을 때가 있다. 일상이 지루하다 느끼는 것은 어떤 새로운 영감도 얻지 못하는 날이 반복될 때다. 여행에서 발견한 이국적인 문화를 나의 라이프스타일에 더하는 것, 우연히 누군가 내뱉은 말 한마디가 자신의 마음을 사로잡았다면 행동으로 옮겨보는 것. 그러한 영감을 일상에서 한 번쯤 시도해보는 것은 즐거운 일이다.

거창한 성취가 아닌 실로 작은 것들이 삶을 더욱 풍요롭게 만들고, 우리의 창의력을 샘솟게 한다는 것을 예전과 조금씩 달라진 지금 나의 라이프스타일에서 느낄 수 있다. 레몬도 그중 하나. 이탈리아에서 데려온 레몬의 기억, 아니 식문화가 식탁에 자리 잡았던 것처럼 오늘도 작지만 굉장한 무언가가 주변에 있을지 호기심을 갖고 찾아본다.

무릎 위의 냅킨

도쿄에 있는 오쿠라 호텔의 프렌치 레스토랑에 갔을 때다. 연미복을 입은 서버가 의자를 빼주고 이어서 우아한 동작으로 무릎 위에 냅킨을 직접 깔아주자 아름다운 식사가 시작될 것이라는 기대로 가득 찼다. 보통 스스로 냅킨을 무릎에 펼쳐두는 것에 익숙했던 내게 담당 서버가 냅킨을 직접 깔아주자 마치 집사의 세심한 시중을 받는 귀족이 된 것 같은 착각마저 들었다.

혼자 있을 때 매너를 지키며 단정한 자세로 음식을 먹는다는 것은 지키기 어렵다. 마음껏 풀어져서 자유로운 기분을 만끽하며 예의는 무슨 예의! 내키는 대로 식사하는 것이 편해서다. 그때마다 그 호텔의 냅킨을 생각한다. 얼룩 하나 없이 깔끔하게 다려져 펼쳐져 있었던, 그리고 완벽하게 우아했던 식사.

상대를 불쾌하게 하지 않도록 일상의 매너는 모두와 함께 있는 자리에서 당연히 지켜야 하지만, 혼자 있을 때도 자신에게 지켜야 할 매너가 있다. 대단한 격식이 필요하다는 말이 아니다. 자연스럽고 편한 모습도 좋지만, 남에게는 절대 보여주고 싶지 않은 가장 한심하고 초라한 모습을 스스로에게 매일 보여주고 산다면 그것이 진정 내가 나를 존중하고 사랑하는 거라고 할 수 있을까? 유행처럼 불고 있는 자존감을 높이란 말이 정확히 무엇인지는 잘 모르겠지만, 어떤 상황에서도 자신에게 험한 행동을 하거나 함부로 대하지 않는 것이 자존감을 높이는 일에 도움이 될 것 같다.

혼자서 먹는다고 씻지도 않고, 머리도 빗지 않은 채 비닐째 싸여 있는 음식을 그냥 먹지 않는 일. 깔끔한 모습으로 일회용품이 아닌 도자기(나는 잘 만들어진 접시를 도자기라고 부르곤 한다.)에 음식을 담아 먹는 것만으로도 식사에서 얻는 만족도가 달라진다. 좋은 식기를 아끼지 말고 꺼내 일상의 식사에서 사용하고, 레스토랑에서 식사할 때처럼 냅킨을 준비해 입 주변을 닦아가며 먹는다. 과거에는 책을 보거나 영화를 보며 식사 속도를 조절하기도 했는데, 특히 영화나 TV는 과식을 부르는 지름길이었다. 이제 먹는 것 그 자체, 재료의 맛과 오래 씹는 일에 집중한다. 혼자 하는 식사 때 필요한 것은 은은한 배경음악과 꽃을 바라보는 것으로 아주 호사스럽다.

식사 매너를 잘 지키는 것은 생활 교양의 척도라고 생각하는데, 나 또한 무척 서툴러서 늘 공부하는 자세로 임한다. 여전히 젓

가락질을 잘 못 해서 음식을 흘리기도 하고, 파스타를 완벽하게 말아서 먹는 법도 아직 숙달하지 못했다. 초밥을 먹을 때 고추냉이를 간장에 풀지 말아야 하고, 필요하다면 생선 쪽에 살짝 발라 간장에 찍어 먹어야 한다는 사실도 최근에 알았다. 식사에 있어 기술적인 면은 꾸준히 익혀나가야 할 것들이 많지만, 상식선의 것 예컨대 반찬 뒤적이지 않기, 젓가락으로 음식 찔러 먹지 않기 등 아주 기본적인 예절은 의식적으로 노력해 잘 지키려 한다.

혼자 먹는 식사는 식사 예절을 익힐 수 있는 연습 시간이 되어준다. 큰 계약금이 걸린 비즈니스 미팅, 데이트, 맞선이나 상견례, 관혼상제에 따른 갖가지 의식들처럼 모든 중요한 미팅엔 식사 시간이 빠지지 않는데, 먹는 것 없이 우리는 타인과 관계를 이어나갈 수 없을 정도다. 그래서 올바른 식사 매너를 갖추는 것은 나를 잘 모르는 상대방에게 좋은 인상을 남기게 해준다. 하나를 보면 열을 안다는 속담이 이해가 가는 자리이기 때문이다.

아시아 음식은 젓가락질을 능숙하게 해야 하고, 양식은 복잡한 테이블 세팅을 이해하고 있어야 한다. 오른쪽 위에 있는 내 물컵 대신 왼쪽에 있는 상대방의 물컵에 손을 뻗는 것처럼 상대를 불쾌하게 만들 일이 없도록 말이다. 식사 매너는 음식이 태어난 나라의 문화를 이해하고 있어야 하는 복합 교양을 요구하는 일. 남의 눈치를 안 보고 사는 것도 중요하지만, 혼자 사는 세상이 아니므로 타인과 나 자신을 위한 매너와 배려를 늘 몸에 입은 듯 살아야 한다. 그러니 혼자서 하는 저녁 식사를 쓸쓸한 혼밥의 시간으로 설정하고, 눈치 보지 않고 폭식해도 되는 시간으로 쓰기보다는 스스로에게 예의를 지키는 아름다운 식사의 자리로, 또 다음번 여러 사람과 함께 식사할 때 지켜야 할 예절을 거듭해서 연마하는 시간으로 사용한다. 노력 없이 아름다운 생활은 존재할 수 없다.

요리하고, 먹고, 건강해지는 생활

1. 영양 보충제 대신 과일과 채소를 듬뿍

애초에 진짜 음식이 아닌 것을 먹는 데 거부감이 크다. 건강기능식품도 마찬가지. 오메가3은 산패가 쉽다고 하는데, 왜 비싼 가격의 영양제로 버젓이 팔리고 있는 것일까? 쉽게 상하는 물질을 보존하기 위해 어떤 첨가물을 넣은 것일까? 의심하기 시작하면 끝이 없다. 화학첨가물을 피하고자 영양제는 먹지 않는다. 대신 과일은 적당히, 잎채소는 듬뿍 먹고 생선도 즐겨 먹는다.

2. 아침에 요거트볼

밤새 공복이었던 위는 많은 것을 바라지 않는다. 한마디로 식욕이 크지 않을 때 먹는 식사가 아침 식사다. 왕처럼 아침을 먹으라고 하지만 그렇게 넉넉한 식사를 할 만큼 위의 의욕이 좋지 않다. 이때 가장 좋은 메뉴는 요거트볼. 만들기도 쉽고 장이 즐거워할 만한 식이섬유와 유산균이 풍부한 메뉴. 과일은 갈아 먹어도 섬유질이 사라지고, 설탕에 재워 먹어도 영양소가 파괴된다. 과일 그 자체를 통째로 먹는 것이 가장 건강하게 맛있다. 손질한 여러 과일을 담은 볼bowl에 그릭요거트를 올리고 견과류도 항상 한 줌 넣어 섞어 먹는다.

3. 일상에서 당 줄이기

군것질거리를 절대 사두지 않는다. 과일음료나 탄산음료도 냉장고에서 추방한다. 어떤 날은 퇴근 직후에 간단한 요리조차 못할 정도로 심하게 허기질 때가 있다. 그럴 때 유일하게 사두고 먹는 간식 개념의 음료가 두유다. 즐겨 마시는 두유는 당이 없고, 순수한 대두 그 자체 함량이 높다. 요리할 때는 정제된 설탕을 쓰지 않고, 고기의 잡내를 없애기 위해 넣는 맛술도 조금만 넣거나 청주로 대신한다. 당은 과일이나 잡곡밥에서 얻는 것으로 충분하다.

4. 식수 마련하기

매일 아침 보리차를 끓인다. 특히 겨울에는 집의 공기를 훈훈하게 감싸는 효과가 있다. 여름에는 물을 자주 마시는 데다 보리차를 여러 번 끓이면 집 안 공기가 더워지니 시원한 미네랄워터를 함께 사둔다. 여기에 탈수에 대비해 '몸에 가까운 물'이라는 이온음료를 추가로 준비해두었다가 땀을 많이 흘렸을 때 마신다.

5. 냉동실 안의 우울증 치료제

누구나 냉장고에는 자신만의 우울증 치료제가 있어야 한다. 살다 보면 때때로 음식의 위로가 필요한 날이 있기 때문이다. 한 달에 딱 두 번. 우울할 때 아이스크림을 먹는다. 인간관계나 업무에서 받은 스트레스가 클 때, 여성호르몬이 단것을 애타게 원할 때. 내게 아이스크림은 술꾼들의 샴페인 같은 것이다. 아무리 길티 플레저Guilty pleasure라 하여도 아무것이나 먹을 순 없다. 설탕으로 채워진 아이스크림 대신 우유 그대로의 맛이 담긴 유기농 아이스크림을 먹기로 한다.

6. 식중독을 예방하는 습관

상한 음식을 먹지 않는 이상 식중독에 걸릴 확률은 낮지만, 요리하는 과정에서 식중독에 노출될 수 있다. 세균까지 박멸한다는 핸드워시를 개수대 위에 두고 사용해 식중독을 예방하고 있다. 해산물을 손질한 다음 손을 씻고 채소를 만지면 되기 때문. 물론 셰프들이 사용하는 손에 딱 붙는 니트릴 장갑을 쓰면 더 좋겠지만. 채소와 육류 도마를 따로 쓰는 것도 상식이지만 나처럼 도마가 하나밖에 없다면, 키친타올을 깔고 고기를 손질한다. 대신 꼭 칼은 채소와 육류용을 구분해 쓴다. 식중독은 자칫 목숨까지 앗아 갈 수 있는 매우 위험한 질병이라서 주방의 위생 관리를 철저하게 한다.

7. 주방에 미니 소화기

황새치 스테이크를 굽다가 잡내를 없애려 맛술을 넣고 팬을 조금 흔들다 불이 붙었다. 어찌나 깜짝 놀랐는지 그 뒤 주방에 휴대용 소화기를 갖춰 두었다. 사고로 불맛이 더해진 황새치 스테이크는 맛있었지만, 불맛 대신 안전하게 사는 편이 더 좋다. 위험이 도사리고 있는 주방에서 초기 화재 진압에 유용한 소화기를 가지고 있다는 것은 꽤 든든하다. 화재는 언제 어디에서라도 조심하는 편이 좋으니까.

8. 앞치마 두르고 요리하기

리넨으로 만든 멋진 앞치마를 가지고 있다. 냉장고 옆쪽의 자석 고리에 걸어두고 요리를 할 때마다 펼쳐서 사용한다. 옷을 보호해주고, 요리하는 즐거움을 느끼게 해준다.

9. 외식하고 싶은 날

되도록 집밥을 먹지만, 직접 만든 음식이 질릴 때면 가끔 남이 해주는 음식이 먹고 싶다. 이때 초밥과 같이 집에서 쉽게 만들어 먹지 못하는 음식 중 건강하고 열량이 낮은 음식을 주로 선택한다.

10. 식이습관 바꾸는 과정을 SNS에 기록하기

미용 체중이 아닌 건강 체중을 위해 다이어트를 하고 있다면, SNS에 오늘 먹은 음식을 꾸준히 촬영해 올리는 것이 도움이 된다. 물론 다이어트를 한다는 것을 친구들에게 알릴 필요는 없으니 인스타그램에 두 번째 계정을 만든다. 다이어트 관심사가 있는 사람들의 응원을 받을 수 있을 것이다. 나의 경우 당을 줄이고, 적당히 먹는 건강 식단 습관을 만들기 위해 SNS를 활용하고 있다. SNS가 귀찮다면 끼니마다 사진을 찍어두는 것만으로도 도움이 된다. 21일이 되면 습관이 되고, 6개월이 되면 우리 몸은 새로운 체중에 적응하게 된다고 한다. 그렇다면 1년은? 1년 뒤에 어떤 변화가 일어날지 궁금한 마음에 1년 동안 무엇을 먹었는지 집밥의 역사를 기록해보고 싶다.

3

애쓰지
않고서도
건강해지고
싶어

숨 쉬듯 자연스러운 건강법

언제나 모닝 스트레칭

루틴을 일상에 들이기는 결코 쉽지 않다. 필요하다는 것을 머리로는 알지만, 도무지 몸이 따라주지 않을 때 흔히 의욕이 안 생긴다고 말한다. 하기 싫은 일은 최대한 안 해도 된다고 생각하지만, 건강과 직결된 문제라면 이야기는 달라진다. 청춘의 나이가 지나자 체력은 나아질 형편이 없고, 몸의 라인은 점점 편안하게 사는 티를 내기 시작한다.

방송 프로그램을 챙겨 보는 편은 아니지만, 〈효리네 민박〉만큼은 시간이 날 때마다 가끔 보았다. 꾸준히 요가 수련을 하는 이효리의 모습이 무척 인상 깊었기 때문이다. 내가 하지 못하는 일을 할 수 있는 사람은 매력적으로 보이게 마련이고, 오랜 세월 동안 다져온 내공이 느껴지는 요가라서 더 눈을 떼지 못했던 것 같다. 방송에서 이효리는 일을 시작하고 집의 가장이 되어 책임을 져야 하는 상황에 찾아온 어깨 통증으로 요가를 시작했다고 말했다. 요기기 힘들지만, 그것보나 삶이 더 괴로워서 오히려 요가를 하는 순간이 편안하게 느껴진다고. 그때 문득

'몸을 고통스럽게 하는 수련이 결국 편안함을 가져올 수 있는 거구나' 하는 생각이 들었다.

지독히도 몸을 움직이기 싫어하는 나도 몸의 긴장을 풀기 위해 매일 아침 10분의 요가 스트레칭을 하고 있다. 초반에는 작심삼일을 계속 이어나갔지만, 지금까지도 꾸준히 스트레칭하는 이유는 하나뿐. 담이 결리는 고통이 찾아오지 않도록 예방하는 것이다. 다이어트, 근육 만들기와 같은 커다란 목표는 전혀 없

다. 왜 나는 안 되지? 하는 좌절이 애초에 없는, 계산하지 않은 일에는 그 어떤 스트레스도 따라오지 않아 꾸준히 할 수 있는 것뿐이다. 요가 매트 위로 올라 헐렁한 파자마 차림으로 가장 쉬운 난이도의 요가 스트레칭을 하는 것. 밤새 누워 있던 몸의 허벅지 뒤 근육이 쭉 펴질 때의 시원함이 내가 얻을 수 있는 만족이다.

무라카미 하루키는 유명한 소설가이지만, 그의 작품보다 더 기억에 남는 것은 재즈, 마라톤, 맥주 같은 그의 라이프스타일을 정의하는 말이다. 매일 10km씩 달리는 하루키는 『달리기를 말할 때 내가 하고 싶은 이야기』에서 계속 달려야 하는 이유는 아주 조금밖에 없지만 달리는 것을 그만둘 이유라면 대형트럭 가득히 있기 때문에 아주 작은 이유를 소중하게 여기며 단련하고 있다고 말한다. 하루키의 달리기가 마라톤 출전까지 나갈 정도로 대단한 경지에 이르렀다면 내게 스트레칭은 그만두지 않아야 할 작은 이유 하나만을 가지고 꾸준히 나아가는 제자리걸음일 뿐이다.

처음 스트레칭을 시작했을 때는 아무 성과도 없었지만, 꾸준히 반복했더니 몸이 조금씩 유연해지고 편해지는 것으로 보답한다. '아, 이래서 사람들이 운동에 중독되는 건가?' 학창시절 체력장 5등급이요, 체육인으로서의 재능이나 열정은 전혀 없는 내가 왜 수없이 많은 사람이 일과 끝에 피트니스 센터로 달려가는지 이 작은 성취로 그 마음을 조금 알 것 같다. 작은 것을 이뤄내면 언제나 그렇듯 난이도를 조금 올려보고 싶어진다. 어쩐지 해낼 수 있을 것 같은 자신감이 내게 용기를 불어넣으니 이제 스트레칭과 함께 근육을 만드는 운동을 매일 더 해야겠다고 생각한다. 운동 능력이 한 단계씩 올라갈 때마다 조금씩 몸도 마음도 단단해져 갈 내 모습을 상상해보니 참 흐뭇하다.

세상에서 가장 쉬운 운동

바른 자세로 30분 동안 빠르게 걷기.

차 없는 뚜벅이라면 언제든지 할 수 있는 운동이다. 누군가는 시간을 내어 걷는데 대중교통을 이용하면 원하지 않아도 늘 걸어야 한다. 대신 운동 효과를 보려면 배에 힘을 주고 턱은 살짝 당기듯 내려주고 보폭은 내가 걷기 편한 넓이로, 조금 빠르게 걷는 것이 좋다.

의식적으로 하루에 1만 보는 걸으려 하지만 보통 휴대폰의 헬스 앱을 보면 평균 7천 보 정도 걷는 것으로 나온다. 사무실에서 일하는 주변 친구 중에는 걷는 시간을 일부러 만들기 위해 집까지 한 시간 정도 걸어 다니는 경우도 꽤 있다. 이 부분은 본받아 내 생활에도 들여놓고 싶지만, 불빛 밝은 도시여도 밤길 걷는 것이 무서운 나(겁쟁이라는 것을 앞서 밝혔듯이)로서는 꺼려지는 면이 있다. 그래서 오래 걷는 일은 낮에 한다.

걷는 것이 운동처럼 여겨질 때가 있고 노동처럼 느껴질 때가 있다. 보통 여행지에서 2~3만 보를 걸었다고 헬스 앱이 알려줄 때 그런 느낌을 받는다. 오래 걸으면 다리가 땅기면서 굉장히 불편한데 무엇이든 지나친 것은 해롭다는 것을 다시금 느낀다. 걷는 것이 운동이 되려면 걸음 수에 집착하지 말고 매일 30분 정도 중강도로 꾸준히 걷는 것이 더 중요하다고 하는데, 일정 강도로 반복되는 일에 우리 몸은 적응하며 편안해하는 것 같다.

걷는 시간보다 더 중요한 것은 바른 자세로 걷는 것이다. 바른 자세야말로 내가 요즘 가장 관심을 두고 있는 생활습관이다. 지하철에서 만나는 많은 어르신 중에도 유난히 허리가 꼿꼿하고 힘차게 걷는 분들을 보면 나이와 상관없는 활기참이 느껴진다. 반대로 구부정하고 어기적거리며 걷는 사람은 젊어도 어쩐지 노년의 모습 같다. 그럴 때마다 바른 자세로 나이 들어가는 중요성을 다시 떠올린다.

젊을 때 당연히 주어졌던 것들이 나이가 들면서 점차 사라진다는 것은 슬픈 일이다. 미야자키 하야오 감독의 애니메이션 〈하울의 움직이는 성〉에서 나온 소피의 대사 중에 '노인의 좋은 점은 잃을 게 적다'라는 말이 있었다. 삶의 끝자락에서 찾은 마음의 여유를 드러내는 대사였지만, 나는 그 말을 듣고 이미 다 잃은 나이가 노년 같다는 삐딱한 해석이 먼저 들었다. 계단을 오르내릴 때 관절의 고통을 호소하는 노인들의 심정을 어떻게 알

겠냐마는 확실한 것은 나도 결국 그분들의 나이가 되리라는 것. 걷기란 특별한 기술을 배우지 않아도 당장에 할 수 있는 가장 쉬운 운동이다. 걷고 나면 몸이 가벼워지고 생각도 정리되어 좋다. 자세가 뒤틀리지 않게 평소 신경 써서 자세를 만들고, 뼈에 좋다는 영양소가 든 음식을 챙겨 먹고 비타민D를 합성하기 위해 햇볕도 충분히 받으려 하지만 이런 노력에도 불구하고 어떻게 나이 들어갈지는 도통 알 수가 없다. 두려워서 신경을 쓰는 만큼 몸은 그 모습대로 보답을 해주지 않을까 그저 기대할 뿐이다.

등과 가슴이 굽지 않은 채 당당하게 편 상태로 걷는 사람들의 자세에서 기품마저 느낄 수 있는데, 그런 품위에 압도당하는 때는 발레 작품을 감상할 때다. 바른 자세의 표본처럼 보이는 발레 무용수들의 균형 잡힌 몸과 자세에서 나오는 우아한 태도가 하루아침에 만들어지지 않은 것을 알기 때문에 더욱 아름답다.

양치를 잘하지 그랬어

지난해 입속에 충치 전염병이라도 돈 것인지 6개월 넘게 치과 치료를 다녔다. 충치가 주는 고통 못지않게 고통스러웠던 것은 한 재산 탕진한 병원비였을 만큼 병원비는 부담스러웠고, 평소 관리를 제대로 했더라면 이런 이중고는 겪지 않았을 텐데 하는 후회가 몰려왔다.

치아뿐 아니라 애초에 신경 썼다면 무탈했을 일들이 참 많다. 특히 건강 관련한 일은 '이번 한 번쯤은 괜찮겠지'란 생각이 반복되다 보면 일이 터지고야 만다. 그래서 모든 질병을 부르는 다른 이름이 '생활습관병'인가 보다. 당장 아무렇지 않아서 이 닦는 것을 몇 시간 뒤로 미루고, 체형이 뒤틀리고 디스크가 올 수 있다는 것을 알면서도 다리를 꼬는 것이 편해서 그렇게 앉는다.

자세를 바르게 하려고 의식적으로 노력하는 것처럼 양치 또한 밥을 먹고 비고 하는 습관을 만들기 위해 무던히 애썼다. 흔히

333 법칙으로 불리는 하루 3번, 밥 먹고 3분 안에 3분 동안 이를 닦아야 한다는 그 양치 캠페인처럼. 꽤 단순한 방법인데, 이를 바로 닦지 않는 경우가 많았다. 배가 부르면 원래 움직이기 귀찮으니까. 하지만 결국 의지의 문제였는지 치통과 병원비에 호되게 당한 뒤로 이를 닦는 일을 미루지 않게 되었다.

치아는 소모품이라고 한다. 나이 들어서까지 자신의 치아를 갖고 사는 것처럼 복된 일은 없을 테지만, 누구나 누릴 수 있는 흔한 일은 아니다. 그래도 지금 치아를 잘 관리하면 좀더 오래 내 치아로 살 수 있겠지. 이제 밥을 먹고 나면 바로 양치를 한

다. 물로 입안을 먼저 여러 번 헹군 다음, 치실과 치간 칫솔을 사용해 이 사이를 닦는 것이 가장 먼저. 칫솔도 구강 상태에 맞춰 골라야 하는데 잇몸이 약하지 않다면 미세모보다 일반모 칫솔이 힘이 있어 더 잘 닦인다. 칫솔질 후에 혀 클리너를 사용하고, 아침과 저녁에는 불소가 들어 있는 가글액으로 마무리하는 꼼꼼한 양치가 일상에 자리 잡았다.

밥을 먹고 이를 바로 닦는 일이 치아에 나쁘다는 의견도 있다. 탄산음료나 신 음식을 먹었을 때 그렇다고 하는데 확실히 매우 신 키위를 먹고 이를 바로 닦으면 굉장히 고통스럽다. 침으로 중화되는 시간도 한 시간보다 더 걸려 하루 넘게 이가 시리다. 그때 생각했다. 이런 고통을 겪으니 차라리 신 과일이나 다디단 탄산음료를 먹지 않겠다고(그래 콜라, 너 말이다. 너).

무엇이든 미루지 않고 바로 하는 것에는 여러 가지 장점이 있다. 그중에서도 밥을 먹고 이를 바로 닦으면 좋은 점이 또 있다. 간식이나 무언가 더 먹고 싶다는 생각이 완벽하게 사라진다는 것. 간식을 끊겠다고 결심했을 때 꼼꼼한 양치 습관이 큰 도움이 되었다. 치아 건강을 위해 식사 약속이 있을 때 양치 세트를 챙긴다. 조금 귀찮아도 바로 이를 닦아주면 나중에 치과에 갈 일이 조금은 덜 생길 것이다. 당장의 편안함에 지지 않는 일상이 결국 크게 신경 쓸 일이 거의 없는 단순한 생활을 만든다.

조금씩 튼튼한 몸 만들기

1. 햇볕 15분 쬐기

자외선은 백해무익한 것처럼 알려졌지만, 햇볕은 우리에게 매우 중요한 영양소를 공급해주고 있다. 바로 뼈를 튼튼하게 하는 데 도움을 주는 비타민D. 비타민제도 있고 식품에도 들어 있는 경우도 있지만, 광합성을 하는 초록색 식물들처럼 햇볕으로 얻는 것이 가장 확실하다. 요즘 사람들은 실내에서 주로 생활하는 데다 자외선 차단제를 꼼꼼하게 발라서 비타민D가 부족한 경우가 많다고 한다. 얼굴은 기미, 주근깨 등이 생길 수 있으므로 미용 때문에 자외선에 그대로 노출할 수 없지만, 손목 등을 통해 햇볕을 쬐어주어도 충분하다 하니 점심을 먹고 산책을 하러 가는 일은 비타민D를 디저트로 먹는 시간이라고 생각한다.

2. 수면 7~8시간

잠이 부족하면 짜증이 나고 어떤 일도 효율적으로 할 수 없다. 잠의 소중함을 절실히 느끼고 있기 때문에 될 수 있는 대로 10시 30분부터 잠자리에 들기 시작한다. 보통 건강법으로 밤 10시부터 새벽 2시 사이에 잠들어 있는 것을 추천하곤 하는데, 이때 멜라토닌이라는 호르몬이 활발히 분비되어 그만큼 깊은 수면을 할 수 있고, 하루 동안 생활하며 손상된 세포들이 회복됨과 동시에 피부 재생에도 도움이 된다고 한다. 밤늦게까지 잠들지 않는 습관처럼 쉽게 건강을 망치는 일은 없다. 잘 자고 잘 먹는 것이 모든 건강의 척도임을 잊지 않는다.

3. 먼 산 바라보기

우리는 휴대전화, 컴퓨터 모니터, TV니 태블릿 등에 눈을 고정하며 살아간다. 특히 집중하다 보면 눈을 자주 깜빡이지 않아서 눈이 쉽게 건조해지기도 한다. 눈이 피로하면 쉽게 지치니 가끔 눈을 지그시 감아준다. 그리고 눈앞에 읽거나 보고 있는 것에 빠져 있다가도 먼 산을 보듯이 시선을 멀리 두는 것을 습관화한다. 저 멀리 나무를 보는 것이 눈의 피로를 덜어주는데, 그보다 더 적극적으로 눈을 운동시키는 방법도 있다. 가끔 팔을 쭉 뻗은 다음 손가락으로 누워 있는 8자를 그리면서 눈을 따라가게 하는 눈동자 운동을 한다.

4. 업무 중에 스트레칭

아침에는 요가 스트레칭, 저녁에는 다리 마사지를 하며 뭉친 몸 곳곳을 풀어주기는 하지만 사무실 책상에 앉아 일하는 동안에는 경직되기 쉽다. 어깨가 안쪽으로 굽어지는 것을 방지하기 위해 문 사이에 양팔을 대고 서 있는 상태에서 가슴을 쭉 펴며 몸을 앞으로 내미는 동작으로 스트레칭을 해준다. 오래 앉아 있으면 혈액순환이 안 되어 머리가 잘 돌아가지 않을 때가 있다. 비어 있는 회의실 등에서 서 있는 상태에서 몸을 앞으로 구부려 손가락 끝이 발끝에 닿도록 스트레칭을 하는데 이때 무리해서 허리를 재빠르게 굽히는 것이 아니라 머리에 추가 달린 것처럼 땅으로 서서히 떨어지도록 속도를 조절한다.

5. 보온 물주머니

혼자 살면 가벼운 증상은 스스로 간호해야 할 경우가 생긴다. 특히 생리통이 심하거나 몸이 으슬으슬 떨리는 몸살에 걸렸을 때 유용하게 쓸 수 있는 것은 바로 보온 물주머니. 뜨거운 물을 보온 물주머니에 넣고 안고 있으면 체온을 올려 몸을 따뜻하게 해줘 좀더 나은 컨디션이 될 수 있도록 돕는다.

6. 상비약과 의학 상식

집에 진통제, 소화제, 거즈 및 소독약, 식염수 같은 기본적인 상비약을 두는 것은 당연한 일이다. 아파서 약을 사러 갈 힘도 없을 때 이런 상비약들이 고맙게 느껴진다. 하지만 진단서 없이 살 수 있는 일반의약품이라고 해서 아무 약이나 마구잡이로 먹는 것은 꽤 위험할 수 있으니 반드시 복약 지도를 받아야 한다. 하지만 전문가가 아니라 약국에서 지도받은 내용은 금세 잊어버리기 마련. 약학정보원에서 약물에 대한 세부적인 정보나 주의사항을 검색으로 확인할 수 있으니 꼭 성분을 검색해본 다음에 먹는다. 사족을 붙이자면 유효기간이 지난 약은 환경을 위해 반드시 약국이나 보건소에서 폐기한다.

7. 하이힐 덜 신기

한때 하이힐을 지나칠 만큼 많이 신었던 나였기에 더욱 잘 안다. 하이힐은 개인의 만족 외에는 아무런 건강상의 이점을 가져다주지 않는다. 하이힐로 몸매가 예뻐 보이고 다리 근육이 단련될지도 모를 일이지만, 결국 몸에 염증이 생기고 그 염증은 각종 질병을 만들어낼 확률이 높다는 연구 결과도 쉽게 찾을 수 있다. 게다가 힐을 신고 많이 걸었던 날은 다리가 붓고 밤에 몸이 정말 힘들다. 발에 가장 좋은 신발은 쿠션이 있는 운동화. 하지만 항상 운동화만 신을 수 없기에 하이힐은 정말 꼭 필요한 날에만 신는 것으로 한다.

8. 병원이 많은 동네

집을 구할 때 주변에 병원이 많은지도 교통과 함께 중요한 조건이다. 걸어서 5분 거리에 종합병원이 있고, 개인병원들은 숱하게 있는 동네에서 살고 있어서 참 다행이다. 늘 건강과 좋은 컨디션에 주의를 기울이는 나는 조금만 몸에 이상 신호가 오면 병원에 간다. 무슨 병이든 초기에 발견하는 것이 좋고 그보다 더 좋은 것은 예방이라는 것을 절실히 느꼈던 시간을 보내봤기 때문이다. 병원은 다니던 곳에 꾸준히 다니는 편이 진료 관리에 도움이 된다. 나이가 들면 시골에서 살 거라고 말하는 사람들이 있지만, 점점 아플 일이 더 많은 나이가 된다면 병원이 가까이에 있는 도시에 사는 편이 개인적으로 좋다고 생각한다.

9. 명상의 시간

늘 바삐 돌아가는 두뇌를 잠시 쉬게 해주는 명상. 명상이 어려운 이유는 왠지 가부좌를 틀고 마음을 고요히 하는 것처럼 특별한 기술이 필요한 일이라는 선입견 때문이다. 나도 유료 명상 앱 서비스를 결제한 적이 있었는데 돈만 버린 일이었을 만큼 크게 도움이 되지는 않았다. 다만 편안한 침대에 누워 잠시 멍하게 있는 편이 더 명상에 가깝다. 명상과 넋 놓기에 어떤 차이점이 있는지는 정확히 모르겠지만 우리의 두뇌는 휴식을 해야 하니 가끔은 생산적인 일을 멈추고 아무 생각도 하지 않고 시간을 보낸다.

4

지금 모습 그대로 괜찮아

자연스럽게 나이 들어가는 뷰티 습관

어려 보이고 싶은 건지 알 수 없지만

요리에 쓰려고 청주를 사는데 쓸데없는 생각이 들었다. 신분증을 보여달라고 하면 어떡하지? 나는 화장을 하지 않았고 헐렁한 티셔츠를 입고 있었다. 이십대 중반에 버스를 탔을 때 버스 기사님이 학생 요금을 받으려 했던 기억이 있을 만큼 성숙해 보이는 외모는 아니지만 절대 동안도 아니다. 그런데 삼십대 중반에 미성년자처럼 보일까 봐 잠시 고민했다니! 맨얼굴로 술을 사 들고 집으로 돌아오며 느꼈다. 아직도 내가 민낯으로 나다니면 어려 보일 거라고 착각하는 것은 교만이라고.

흰머리 몇 가닥이 처음으로 발견되던 날 나는 세상을 다 잃은 듯 우울함에 사로잡혔다. 그동안 나이를 의식하며 살지 않았는데 몸은 정직하게도 세월의 흔적을 조금씩 아로새겨가고 있다. 나보다 8년 먼저 태어난 언니에게 어릴 때부터 귀에 못이 박이도록 들었던 말은 나이 들수록 피부를 잘 가꾸는 것이 중요하다는 것이었는데, 혈색이 좋고 톤이 고른 피부는 색소 화장을 하지 않아도 그 자체로 단아하고 예쁜 법이라고 여러 번 강조하곤 했다. 아마 본인이 추구하는 이상적인 미美였을 것이리라.

5년 전까지 피부 턴오버 주기에 맞춰 각질 제거를 하고, 유행하는 세안법으로 세수를 했다. 세수를 마치면 토너, 에센스, 아이크림부터 탄력 크림에 이르기까지 매우 오랜 시간을 화장품을 바르는 데 쓰곤 했는데, 그것도 모자라 일주일에 몇 번은 수면 팩과 마스크 시트를 얼굴에 붙여서 수분과 영양을 공급했다. 마시는 콜라겐과 알약으로 된 온갖 이너뷰티 보충제도 빼놓지 않았다. 더 완벽한 피부 상태를 원했기에 피부과에 가서 미백 레이저 시술을 받기도 했다.

그렇게 부지런히 피부를 가꾸던 나는 요즘 대부분의 스킨케어를 생략하고 지낸다. 미니멀라이프를 실천하며 화장품 가짓수를 줄이기를 시작한 뒤로 화장품을 덜 바르는 쪽이 피부가 편안해서다. 피부를 가꾸는 데 신경을 덜 써도, 비싼 화장품을 쓰지 않아도 피부는 망가지지 않았다. 예전에 중요하다고 생각했던 것들이 바뀌는 순간이 온다. 철석같이 믿었던 무언가가 '그렇게 살지 않아도 괜찮았던 거구나' 하는 깨달음의 찰나. 그리고 그 자리를 다른 믿음이 채운다.

엄마의 말처럼 깨끗하게만 하고 다니면 충분하다는 마음으로 유행하는 미용법에 팔랑거리는 귀를 닫고 기본으로 돌아갔다.

약간 지성 피부인지라 아침에 늘 쓰는 클렌저로 단순하게 세안을 하고 화장품은 보습제 하나만 사용할 뿐 얼굴에 각질 제거를 하거나 팩을 하는 일도 없다. 그런데도 피부에서 광채를 목격할 만큼 피부 상태는 좋다.

화장품 사용의 대부분을 생략하고도 건강한 피부를 유지할 수 있는 비결은 건강한 생활습관 때문 같다. 피부 속 콜라겐이 무너지지 않도록 정제된 당 섭취를 거의 하지 않고, 술·담배는 원래 하질 않는다(이쯤 되면 내가 무슨 재미로 사는지 나도 모를 지경이다). 그저 건강식으로 잘 먹고, 잘 자고, 적당히 운동하고, 무엇보다 스트레스를 덜 받기 위해 늘 내려놓는 마음가짐을 갖고 산다. 어쩌면 이 세상에서 가장 어려운 피부 관리를 하는 중일지도 모르겠다.

보습제 하나로 잘만 살아가고 있는 내게도 마지막까지 결코 놓을 수 없는 피부 관리법이 있으니 바로 마사지. 세수하고 스킨케어 대장정을 할 시간에 보습제 하나 바르고 마사지 롤러를 이용해 얼굴부터 목과 데콜테까지 정성스럽게 마사지를 한다. 마사지는 림프와 혈액의 순환을 도와서 얼굴의 부기를 줄여주고 밝은 안색을 만들어준다고 하지만 귀찮기도 해서 스스로 할 일이 이제까지 별로 없었다.

깨끗하게 세수하고 보습제 바르고 마사지 3분. 사용한 마사지 롤러를 잘 닦아서 내려 두고 거울 속 내 얼굴을 다시금 살핀다. 하루가 마냥 신난 어린애는 아니라 차분한 표정이다. 그래도 세월의 흔적이 남은 얼굴에 '마음에 안 든다', '늙었네! 끝장이다' 같은 못된 말은 하지 않는다. 애초에 불만 따위는 품을 줄 모르는 사람처럼 언젠가부터 내 외모에 대해 평가를 하지 않게 되었다. 나는 계속 나일 뿐이고, 지금처럼 천천히 나이 드는 모습을 정면으로 마주 보며 친해지는 것이 아침을 맞은 나에게 할 수 있는 가장 다정한 인사가 된다.

언제 봐도 그 사람

패션 잡지에서 스치듯 봤던 인터뷰였다. 패션 피플이 추천하는 뷰티, 패션 아이템이 짤막한 글과 함께 소개되었는데, 언제나 샤넬 레드 립스틱의 특정 품번만 바른다는 답변이 인상적이었다. "평생을 가져갈 저만의 컬러를 찾은 셈이죠" 하는 말까지 더해져 더욱 근사했다. 럭셔리 브랜드에서 꾸준히 출시되고 있는 시그니처를 나를 대표하는 무언가로 삼는다는 점에서 특히.

화장을 즐기는 사람이라면 누구나 마치 내 피부톤을 위해 태어난 것처럼 '이것만으로 충분해' 하는 '인생템' 하나쯤 만나지만, 이내 새로운 것에 기웃거리게 된다. 항상 신상품이 우리 주변을 위성처럼 맴돌면서 이걸 바르면 사랑받고, 성공하고 원하는 것은 다 이뤄지는 힘을 얻는다고 세련되게 말하니 당해낼 수가 있나!

나이의 앞자리 숫자가 바뀌는 것은 좋은 터닝포인트가 되어주고, 나는 심란해지기 마련인 서른 무렵에 앞으로 어떻게 살아야 할지 수시로 생각하고 답을 구하려 했다. 그때만 해도 지금 잘 사는 법에 대해 고민할 줄 몰랐으니까. 어쨌든 오랜 생각과 몇 년간의 여러 시도 끝에 심신의 건강함이 가져다주는 편안함과 나와 주변 모두 고아한 미를 추구하겠다는 나만의 방향성이 생겨났다. 남의 시선에 맞춘 내가 아닌 좋든 싫든 타고난 나 자신으로 더 잘 살아가는 법을 배우는 과정을 겪고 난 지금 화장법에도 자연스레 그런 철학이 스며든다. 생김이 전혀 다른 연예인들의 화장법을 따라 하는 것에 관심이 사라졌고, 모두가 선택했다는 화장품을 쓰는 것도 무의미했다. 화려한 외모로 주목받기보다 언제 봐도 비슷한 느낌을 주는 사람, 마치 정지된 시간 속에 살아가는 것처럼 어제와 똑같은 모습으로 살고 싶다는 바람. 누군가가 나를 다시 만났을 때 기억 속의 모습 그대로라 조금은 안심할 수 있도록 말이다.

"맨얼굴에 가까운 흰 피부에 레드 립스틱이라니, 파리 여자 같아요."
칭찬을 취미로 삼고 있는 직장 동료가 내게 '파리 여자' 같다고 말했을 때 근래에 듣던 중 가장 나를 간파한 말이라 속으로 크게 감탄한 적이 있다. 나의 오랜 뷰티 뮤즈는 파리지엔. 지금은 프랑스의 여배우 레아 세이두가 매력적이라 느끼지만 '주느세콰 Je ne sais quoi'—단정 지어 아름답다고 할 수 없지만 어떤 묘한 매력을 가지고 있는 라 하면 역시 샤를로트 갱스부르 쪽이다. 꾸미지 않은 듯, 무심해 보이는 듯 사람을 끌어당기는. 여러 책과 프랑스 영화를 즐겨 보며, 파리지엔의 매력에 대해 연구하면 할수록 그 이면은 결코 그렇게 무심하지 않다는 것도 신선했다. 파리지엔들은 자연스러워 보이는 것을 최고로 여겨서 원래 피부의 결을 덮어 평범한 피부로 보이게 하는 파운데이션은 사용하지 않는다고 한다. 대신 수분 크림 위에 비비크림으로 결점을 감추는 것을 선호한다고. 화려하게 치장하는 것은 부자연스럽다 여기며 그 누구보다 자신을 철저하게 연구하면서 나다운 아름다움을 가꾸는 태도가 그녀들이 나의 뷰티 뮤즈가 된 까닭이다.

나도 그 자연스러운 분위기를 받아들여 가장 나다운 얼굴을 만들고 싶었다. 이목구비를 뜯어고치기란 성형이 아니면 불가능한데 그렇게 어렵사리 얻은 얼굴마저도 세월이 흐르면 달라져버리니, 지금의 내 모습에서 일생을 가져갈 분위기를 찾고 싶었다. 그건 편안함과 함께 찾아왔다. 불편한 것은 진정한 럭셔리가 아니라 했던 코코 샤넬의 말처럼 나를 불편하게 만드는 치장을 없애되, 이목구비 중 가장 마음에 드는 부분을 골라 강조하는 법을 택했다. 내 경우에는 입술. 좋아하는 것을 더 강조해 나를 대표하는 것으로 만들어본다.

메이크업에 사용하는 제품은 총 세 가지. 자외선 차단 기능이 있는 비비크림과 아이브로우, 립스틱인데, 특히 비비크림은 계속한 제품만 써서 그 화장품에 익숙해진 피부는 늘 같은 결과물을 낸다. 뭉치거나 들뜨거나 밀리는 등 새로운 화장품을 사용했을 때 일어날 수 있는 일들이 없어 화장 스트레스로부터 자유로워진다. 쓰고 있는 메이크업 제품이 단종되기 전까지는 늘 같은 제품을 쓰게 될 거고 나는 유행에는 아랑곳하지 않고 늘 비슷한 얼굴로 집을 나설 것이다. 그 대신 내가 매일 가꿀 것은 얼굴에서 풍기는 분위기. 평온함 속에서도 호기심을 잃지 않은 반짝거리는 눈빛이 아이라이너를 대신할 것이고, 여유가 그려지는 입술 선이 편안한 인상을 만들 것이다. 얼굴에 존재하는 수많은 표정 근육이 미묘하게 변하면서 이뤄내는 분위기란 결국 세상을 마주하는 태도에서 나올 테니, 유행을 좇으며 얼굴 치장에 공을 들이던 예전보다 훨씬 더 많은 노력을 쏟아부어야 할지도 모르겠다.

지금 모습 그대로 괜찮아

지루한 헤어스타일

"주변에서 미용실 다녀온 줄 모르겠어요."
수년째 머리를 맡기고 있는 집 앞 단골 미용실의 디자이너분이
내 머리 손질을 마무리하며 운을 뗐다. 눈썰미 좋은 사람이 아
니라면 내 머리가 미용실을 다니고 있는 머리인지 모를 것이다.
그것도 1년 회원권을 끊어 꾸준히 관리하는 줄은 더더욱 모를
것이고. 나는 그게 좋다.

"머리하셨네요?"로 알은체하며 "잘 어울린다", "그전 머리가 낫
다"는 등 나에 대한 관심에 외모적인 스포트라이트는 받고 싶지
않다. 좋은 말이나 나쁜 말이나 남에게 외모를 평가받는 일은
어쩐지 불편하다. 내가 우선 편안하고, 남이 봤을 때 불쾌하지
않을 정도의 깔끔함. 그리고 서로 그런 모습에 대해 받은 인상
을 이야기하지 않았으면 하는 바람이 내겐 있다. 아마 한창 멋
부리기 좋아하던 시절에 느꼈던 외모 열등감이 대놓고 상대의
외모를 평가하는 것이 아무렇지도 않은 우리네 일상 대화 때문
이라고 생각해서인 것 같다.

간소한 생활을 꾸려나가고 있는 몇 년 동안 달라진 것이 있다면 모든 것을 미용이 아닌 건강 개념으로 접근하고 있다는 것이다. 판단의 기준이 '남들이 보기에 예쁜가?'에서 '이 시술이 내가 좋은 컨디션을 가질 수 있게 도와주는 것인가?'로 바뀐다. 그래서 화장하는 것처럼 헤어스타일도 변함이 없었으면 했다. 염색도 펌도 모두 머리카락을 상하게 할 뿐 나를 더 나답게 보여주는 것은 아니었다. 타고난 그대로의 검은 머리, 살짝 구불구불한 머리도 모두 내 모습이고, 나는 내가 가지고 있는 것이 마음에 든다.

가지고 있는 것을 더욱 좋게 관리하자는 마음으로 미용실에 다닌다. 두피 관리와 머릿결 관리에 큰 관심을 두고 있는데, 집에서 스스로 하기보다 전문가의 손을 빌리는 게 효과가 훨씬 좋다. 사회 초년생 때 잡지 기자로 일하며 청담동 일대에 연예인들의 헤어 스타일링을 담당하던 내로라하는 스타 디자이너분들도 간혹 만났었는데, 한결같이 두피 건강을 강조했다. 두피의 노화가 얼굴 피부에도 영향을 준다는 것인데, 노화된 세포가 중력의 작용 때문에 탄력을 잃어 피부가 밑으로 축 처지는 것처럼 두피가 관리되지 않으면 두피와 하나의 피부인 얼굴까지 그 영향이 간다고 한다. 게다가 두피 건강이 나빠지면 탈모가 온다고 하니 내버려둘 수 없는 것이다. 두피 건강에 대한 깊은 관심으로 주기적인 두피 클리닉 시술과 집에서는 샴푸 중 두피 마사지, 헤어 브러싱을 꼼꼼히 하게 됐다. 모든 것은 결국 혈액 속에 담긴 풍부한 영양을 몸의 말미까지 얼마나 잘 전달이 되게 하느냐인 순환의 문제다. 내가 하는 작은 행동들이 그런 순환을 조금이나마 도울 수 있으면 다행이다.

헤어 브러싱은 필수적인 미용법 혹은 건강 관리법으로 오랫동안 매일 해오고 있다. 샴푸 전에 엉킴 없이 빗어주고, 아침에 일어나서 세수하기 전, 잠들기 전에 머리를 꼼꼼히 빗어준다. 머리를 빗는 것만으로도 헤어 에센스를 바르지 않아도 될 만큼 머릿결이 부드럽고 윤이 난다. 빗은 둥근 브러시와 빗살 간격이 넓은 납작한 빗 이렇게 두 가지 타입의 빗을 번갈아가며 사용한다. 플라스틱처럼 정전기를 내는 소재는 피하고, 모두 나무로 만들어진 것을 고르는데 모근 쪽을 적당한 힘으로 쿠션감을 살려 통통 칠 때 필요하므로 빗살 끝이 둥근 브러시를 고른다. 고급스러운 헤어 브러시는 멧돼지 털로 빗살을 만들기도 하는데 가격대가 무척 비싸서 탈모가 온 사람들에게 적당하다 소개되고 있다. 하지만 나무 브러시도 충분히 제 역할을 한다.

세월은 흰머리를 막을 수 없다. 염색하지 않는다고 했을 때 어떤 분이 매우 좋은 생각이라고 동의했지만, 흰머리가 많아지니 염색을 고려하지 않을 수 없다고 했다. 나 또한 그 부분이 미리부터 걱정되는 터라 머리 기장을 손질하다 발견된 나의 흰머리,

무려 16가닥을 뽑지 않고 가위로 짧게 잘라주고 계시던 헤어디
자이너분께 물어봤었다.

"지금 흰머리가 자를 수 없을 수준으로 많아지면 어떻게 해야
하죠?"

머리숱도 많으면서 벌써 고민한다는 듯 배시시 웃던 디자이너
분이 이렇게 답하였다.

"흰머리는 일단 생기면 뽑지 말고 자르시는 게 좋아요. 뽑으면
두피가 상할 수 있는데, 흰머리가 났던 자리라 하더라도 검은
머리로 다시 나기도 하거든요. 그리고 흰머리가 많아지면 염색
대신 헤어 매니큐어를 하는 분도 많아요. 코팅 개념인지라 머릿
결이 덜 상하거든요."

단골 미용실에 단골 디자이너가 있다는 것은 일상을 윤택하게
만들어준다. 어떤 스타일을 원하느냐고 자세히 묻지 않아도 알
아서 해준다는 점에서.

헤어스타일에 변화가 없으니 물론 지루하긴 하다. 그런데 일시
적인 기분 전환은 다른 것으로 해소해도 충분하니까 감정의 변
화까지 헤어스타일에 투영시키고 싶진 않다는 생각이 어느 순
간부터 들었다. 언제나 그때 그 사람으로 보이는 것, 변함없는
모습이 되는 것에 헤어스타일은 큰 비중을 차지한다. 나는 지금,
이 모습 그대로 박제되고 싶은 것 같다. 오늘이 살면서 가장 젊
은 날이라고 입버릇처럼 외치던 친구의 말처럼.

오늘도 편안한 피부

1. 만능 바셀린

사용하고 있는 화장품 리스트는 심플 그 자체. 클렌저 한 개, 보습제 한 개로 무탈하게 살아가고 있다. 하지만 바셀린의 도움이 없다면 조금 힘들었을 것이다. 바셀린으로 립스틱을 지우는 1차 클렌징을 하고, 립스틱을 바르기 전에 립 트리트먼트(입술의 각질을 제거하고 착색을 방지하기 위해서)를 해준다. 거칠어진 '꿈치'들을 관리할 때도 바셀린은 활약한다. 예컨대 발뒤꿈치에 바셀린을 잔뜩 바른 다음 수면 양말을 신고 잠든 다음 날 보들보들해진 발을 발견할 수 있는 것처럼. 바셀린 팁은 굉장히 다양한데 의료용으로도 사용할 수 있다. 가벼운 화상을 입었을 때 바셀린을 발라주면 피부를 촉촉하게 유지하면서 외부로부터 상처 부위를 보호해 회복을 돕는다. 향수를 뿌릴 때 바셀린을 피부에 얇게 바른 다음에 뿌려주면 향이 지속된다는 팁도 있다.

2. 샤워 후 향수 뿌리기

한국과 일본 사람들은 제대로 씻기만 한다면 유전적으로 몸에서 냄새가 나지 않는다고 한다. 데오도란트를 일상적으로 쓰는 경우도 정말 드물고 체취가 있다는 것도 외국에 나가고 나서야 알게 되었으니 맞는 말 같다. 그런 한국 사람이 향수를 쓰는 이유는 아로마테라피 효과라고밖에 볼 수 없다. 샤워한 다음 개운한 몸에 향수를 가볍게 뿌려준다. 바디미스트도 있지만, 몸에서 나는 향내는 이질적인 것보다 늘 같은 것이 좋다. 내 경우에 허브나 시트러스 계열과 같이 자연을 닮은 향이 몸의 긴장을 풀어주어 선호한다.

3. 샴푸 후 헤어터번 금지

오랫동안 헤어터번을 어떻게 하면 근사하게 말 수 있을지 디자인적으로 고민했다. 하지만 샴푸 후 머리를 돌돌 말아놓은 헤어터번 그 자체가 두피에 안 좋은 영향을 끼칠 수 있다고 한 뒤로는 물에 젖은 머리를 두드리듯 닦아낸 뒤 머리끝에서 떨어지는 물이 흡수되도록 수건을 어깨에만 슬며시 걸치고 있다. 머리를 조이는 것이 스트레스를 줄 수 있어 탈모로 이어질 수 있다고 한다. 비슷한 맥락에서 머리를 묶는 것을 그렇게 좋아하지 않는다. 가급적 머리를 묶지 않으려 하고 묶는다 해도 느슨하게 묶는다. 나의 소중한 두피가 자극받아 탈모로 내게 보답하려 하는 것을 두고 볼 수 없어서다.

4. 뷰티 생필품, 자외선 차단제
지구 온난화로 북극의 얼음이 녹아내려 우리 집이 바다 위를 둥둥 떠다니는 이색적인 꿈을 꿀 만큼 환경오염은 내게 고민거리다. 얼음만 녹는 것이 아니라 자외선의 강도도 점점 심해지는 환경에 처하게 된 것이니 사계절 내내 자외선 차단제를 꼼꼼하게 바르는 것이 피부 건강을 지키는 방법. 노화 지연 목적뿐 아니라 흑색종과 같은 피부암으로부터 나를 보호하기 위해서다.

5. 손톱 정리 후 오일 한 방울
네일아트를 인생에서 버렸다. 멋진 네일아트에 유감이 있는 것은 아니지만 그 재료인 네일 에나멜이 독해서 건강을 해칠 것 같아 싫다. 실제로 네일아트에 빠져 살았을 때 손톱이 많이 망가졌던 기억도 있다. 그리고 지금 네일아트를 끊은 지 수년째. 내가 버린 뷰티 루틴 중에 가장 잘한 일이라고 꼽을 수 있을 정도로 손톱은 늘 건강한 상태다. 지금은 버퍼로 깔끔하게 손톱을 정리하고 깨끗이 손을 씻은 후에 아로마오일로 손톱부터 손 전체를 마사지하는 순간이 작은 휴식이 되어준다.

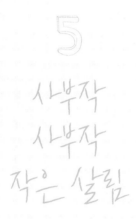

5
사부작 사부작 작은 살림

늘 같은 일상을 유지하기 위한 최소한의 노력

자신만의 행복 의식

일상이 문득 지루하다고 느끼는 것은 축복이다. 마음을 억누르는 큰 고민거리 없이 어제와 똑같은 일이 평온하게 반복되는 것은 결코 쉬운 일이 아니니까. 생각해보면 일, 인간 관계, 먼 미래와 같이 늘 걱정거리를 만들며 사는 게 습관이 된 것 같다. 지금 주어진 것에 만족하는 법 없이 특별한 고민이 없으면 용케 작은 것 하나라도 우환거리로 만들고 마는 나쁜 습관. 이제 지루함을 즐기며 설레는 일보다 '오늘도 무탈한 하루를 보냈으면 좋겠어'라는 염려 섞인 바람으로 아침을 맞이한다.

아아, 겨우 눈을 떴는데, 벌써 침대로 돌아갈 시간이 그립다. 집순이 아닌 척, 직장인으로 변신하기 위해 구름 같은 매트리스와 청신한 침구가 주는 유혹에서 겨우 벗어나 잘 짜인 하루를 시작하는 어제와 다를 바 없는 아침. 그런 내게도 리추얼Ritual이 있다. 리추얼은 최근 원래의 뜻보다 일상에서 행복을 발견할 수 있는 자신만의 의식을 의미하는 단어로 쓰이고 있다.

집 안에서 새로 맞이한 오늘의 바깥세상을 살피는 일, 아침 환기는 매일 거르지 않는 나의 리추얼이다. 물론 날씨를 미리 확인하면 여러 이유로 창을 열 수 없다. 미세먼지 농도가 손길을 붙잡을 수 있고, 몸서리치게 추운 날씨거나 비가 퍼붓는 날에는 창을 열지 않아도 되는 여러 이유가 생기곤 한다. 그렇게 척박한 날씨에도 소심하게 창을 살짝 여는 것은 결국 답답함을 벗어나 곧 마주할 세상의 냄새를 맡고 싶어서이기도 하다. 탈출할 수 없는 루프처럼 늘 같은 날이 반복되는 영화 〈사랑의 블랙홀〉 속 주인공의 상황과 달리 똑같은 날은 단 하루도 없다. 창을 연 순간 오늘의 공기가 어제와 다르다는 것을 알게 된다. 가장 좋은 냄새는 비에 젖은 흙냄새가 나는 날, 6월 초여름에 꽃향기가 살짝 섞인 따뜻한 바람 냄새, 얼음장 같은 겨울 날씨의 묘한 스산함도 좋다. 물론 유독 먼지나 매연 냄새가 심해 내가 도시 한복판에 살고 있다는 것을 절실히 깨닫는 날도 있다. 환기하는 찰나에 느끼는 감정은 행복보다는 감사에 가깝다. 또 새로운 하루를 맞아 좋아하는 일들을 반복할 수 있다는 것에 대한 감사.

아침 환기를 하는 동안 가까운 미래의 나를 위한 작은 배려로 침구 정리를 한다. 흔히 먼 미래는 심각하게 고민하느라 시간을 쓰곤 하는데 가까운 미래의 자신을 위한 일은 '그때의 내가 하겠지' 하는 마음으로 미루곤 한다. 어떻게 될지 알 수 없는 몇십

년 후의 내 모습은 상상이 잘 되질 않고, 오늘 저녁 고단한 내가 침대에 누우려 할 때의 상황은 머릿속에 선명하게 그려지는데도 말이다. 여행지에서 피곤한 몸을 이끌고 호텔 방으로 돌아온 저녁, 메이크업 룸서비스를 신청하고 나간 그날 아침의 자신 덕분에 깔끔한 침대에 누워 휴식을 취하는 만족스러운 기분을 매일 느끼는 것은 먼 미래의 행복보다 가까이에 있다.

호텔의 침구 교체 서비스처럼 누군가의 수고로 늘 새 침구에서 자면 좋겠지만, 1인 가구로 살면서 그런 호사를 바라는 것은 어려운 법. 부지런히 손을 놀려 밤사이 덮고 잔 이불을 턴 다음, 가지런히 깔아 창문으로 들어오는 볕을 쬐어준다. 침구는 보통 주말에 교체하지만, 베갯잇만큼은 3일에 한 번씩 새것으로 바꿔서 언제 눕더라도 기분 좋은 잠자리로 만드는 것은 빠질 수 없는 아침의 의식. 사소한 만족이 쌓이고 쌓여 단단한 행복을 느낄 수 있도록 과거의 자신을 칭찬할 일이 많았으면 좋겠다.

일상을 조금 더 행복하게 만드는 것이라면 보통 아름다운 꽃을 보거나 심신을 감싸 안아주는 아로마테라피와 같이 즉각적으로 느껴지는 것에서 찾기 마련이지만, 나의 일상적 행복 의식은 충분히 예상되는 가까운 미래의 필요를 예측하고 준비하는 것에 더 많은 시간을 쓴다. 다시 이 슬리퍼를 신을 나를 위해 신기 편한 방향으로 바꿔놓는 일처럼. 섬세한 배려가 곳곳에 묻어나 있을 때 바라는 대로 평온하고 무사한 하루를 보낼 수 있게 된다. 퀴퀴한 냄새가 나지 않는 집 안, 흐트러짐 없이 보송보송한 침구 위에서 휴식을 취하는 순간. 잔잔하게 흘러가는 일상은 그렇게 만들어진다.

취향적 옷장

누구나 자기만의 취향이 담긴 옷장을 갖고 있다. 좋아하는 색깔, 독특한 디자인 혹은 실용적인 옷들로 채워진 세상에 하나밖에 없는 컬렉션. 골라 입는 재미를 만끽하고, 기억하고 싶은 특별한 추억 때문에 평생을 간직하는 옷도 있다. 하지만 옷장 안에는 미련과 게으름도 분명 존재한다. 먼 미래에 다이어트를 하면 입을 작은 치수의 옷(목표를 달성하면 더 예쁜 옷이 눈에 들어올 텐데), 낡고 지저분한 옷(구멍 나고 늘어진 옷을 왜 가지고 있는 것일까?)을 버리지 않고 구석에 방치하기도 한다. 새로 쇼핑한 셔츠가 비집고 들어갈 틈이 없는 빽빽한 옷장에 분노해본 적 있는지. 그중 옷장 가득 걸려 있는 옷들 사이에서 '입을 옷이 없어'라고 투정 부리던 과거의 내가 있다.

아무리 멋진 옷을 입어도 마음에 들지 않는 날. 옷은 아무런 죄가 없다. 그저 그날은 내가 싫은 것뿐이다. 자기검열을 밥 먹듯 히는 사람일수록 자신의 모습이 미울 때가 많고 쉽게 울석해진다. 과거의 나도 모든 것이 결국 내가 부족해서 일어난 일이라

단정 짓고, 내일부터는 새로운 사람으로 다시 시작하길 바랐다. 아주 간단히 새사람이 되는 방법은 신용카드로 새 옷을 사는 것이다. 몇 번 입고 나면 후줄근해지는 저렴한 옷부터 당시 나의 수입에는 가당치도 않았던 값비싼 옷을 '할부'로 쉽게 사곤 했다. 그렇게 얻은 것은 잠시 잠깐의 만족감과 터질 것 같은 옷장, 눈덩이처럼 불어난 숫자의 카드 청구서다. 소비자 행동 연구자인 러셀 벨크 교수는 우리가 기존에 가지고 있던 정체성에서 벗어나고 싶거나 새로운 정체성을 갖기 위해 쇼핑한다는 것을 발견했다. 자신이 가진 것이 바로 자신이라고 여겨 쇼핑을 통해 현실에서 속하지 못하는 특정 그룹에 속한 느낌을 받는다고.

옷으로 나의 본모습은 바꿀 수 없다. 그 사실을 알지만, 패션을 전공했던 나로서는 새 옷을 사고 스타일링해 입는 것이 무척 큰 즐거움이기도 했다. 덕분에 여유 자금을 모으는 일이 늦어졌지만, 마음껏 사보고 실패하고 성공했던 경험으로 내가 평생을 즐겨 입을 만한 스타일을 찾았다는 것은 소득이기도 하다. 취향은 타고난 것이 아닌 여러 경험으로 철저하게 만들어지는 것. 내가 어떤 선택을 더 만족스러워했는지에 대한 결과는 취향을 낳고, 취향은 기준을 만든다. 그러니 나에 대해 알아갔던 그 시간, 옷에 열광했던 지난날이 결코 헛되었다고 생각하지는 않는다.

사계절, 50벌

단순하게 살게 된 이후 옷 총량 보존의 법칙이라도 생겨난 것인지 늘 쾌적한 옷장을 유지하고 있다. 여름옷에 카디건을 걸치면 봄옷이 되고, 봄옷에 코트를 걸치면 겨울옷이 되는 생활이 이어진다. 깨끗이 세탁된, 단추도 제대로 붙어 있고 다림질된 옷들이 옷장에 색깔별 길이별로 여유 낙낙하게 걸려 있다. 선택의 폭이 좁아 오히려 고민할 게 없는 옷장. 어떤 것을 골라 입어도 스스로 만족스러운 옷차림을 할 수 있게 된다. 결국 늘 비슷한 스타일만 사게 되는 쇼핑의 결과물일 테다.

나는 옷 관리 리스트를 만들어 상의, 하의, 아우터로 옷의 종류를 구분하고 구입일과 품목, 색상, 가격, 브랜드 및 구입 장소로 나눠 적어 관리한다. 옷을 버리게 되면 그 항목을 삭제하고, 새로 산 옷이 있다면 가장 위에 추가한다. 아마 먼 미래에는 리스트가 따로 필요 없을 정도로 적어질지도 모르겠지만, 지금 내가 가진 옷을 한눈에 파악할 수 있는 옷 관리 리스트는 충동구매를 막아준다(그 옷과 거의 똑같은 옷이 집에 있다는 것을 기억해!).

"여에스더(의학박사이자 경영인)는 자기가 마음에 드는 옷은 두 벌 산대, 예비용인 거지. 한 벌은 세일 때를 노려서 산다고 하더라고."

마음에 드는 옷을 수선까지 해가며 입다가 드디어 버리게 되는 아쉬움을 토로하던 내게 언니가 알려준 팁이었다. 그런데 이제까지 마르고 닳도록 입다가 버린 옷 중에 그리운 옷이 있었는가 곱씹어보면 딱히 생각나지 않는다. 내 취향의 새로운 옷은 매년 눈에 띄었지만. 지금 가진 옷을 아끼지 않고 열심히 입는다. 그리고 옷의 수명이 끝났을 때, 고마움의 작별을 하고 새 옷을 들이는 생활을 반복하고 있다.

'적당히주의자'의 청소

꼭 해야 하는 청소가 있어 평소보다 30분 일찍 알람을 맞춰놓고 일어났다. 어제 냉장고 청소를 하고 건조대에 설거지한 밀폐용기 등이 여러 개였고, 그걸 정리하고 건조대 자체를 깨끗이 씻어두기 위한 시간이 필요했다. 하필 평일에 냉장고 청소가 당겼다. 소중한 잠을 조금 포기하면서까지 그 청소를 마무리 지어야 마음이 시원할 것 같은 이 기분의 정체가 무엇인지 궁금해질 정도다.

불과 3년 전까지만 해도 청소를 꽤 잘하는 형제와 함께 살았기 때문에 나는 최소한의 청소, 그러니까 내가 사는 공간만 깔끔하게 치워도 사는 것이 쾌적했다. 오롯이 혼자서 사는 지금까지 새삼 알게 된 것이 있다면 집에는 항상 청소할 거리가 넘친다는 것이다. 단순히 쓸고 닦는 것은 청소도 아니었다.

세탁조나 하수구까지 청소해야 한다는 것을 알게 된 순간 살림에 닝민 같은 것은 사라졌다. 알랭 드 보통의 소설 『낭만적 연애와 그 후의 일상』의 이야기를 청소에 대입한다면 1인 가구로 독립하며 집을 이곳저곳 내 취향에 맞춰 꾸미는 것까지는 설렘으로 가득한 짧은 낭만이었지만, 그다음부터는 철저하게 생활이고 그 생활은 매우 길다는 점이다. 집안일이란 치워놓으면 금세 어질러져서 또다시 반복해야 하는 시시포스의 노동 같은 것.

가끔 아침에 일찍 일어나야 할 이유가 될 만큼 청소가 중요한 일상의 한 부분이라고 생각하지만, 다행히 나는 '적당히주의자'다. 사실 대부분의 일에 적당히주의자로 살고 있다. '적당히'의 이면에는 늘 최선을 다했다고 생각하는 내가 있지만, 언제나 조금 모자란 결과를 낸다. 이제껏 최고의 자리에 올라본 기억이 없다. 대학생 때까지 공부를 아무리 열심히 해도 수석을 차지해본 적은 없었던 것처럼. 학과의 회장이 아닌 부회장, 최우수상이 아닌 우수상, 토익 900점 넘는 것을 목표로 했을 때 받았던 870점의 점수와 같이. 언제나 나로선 충분히 노력했는데 1등, 수석, 대상과 같은 영예로운 자리는 내 것이 되지 않았다. 그렇다고 모차르트를 질투한 살리에리, 〈달려라 하니〉의 나애리처럼 사는 것도 꽤 피곤한 일. (적당히) 열심히 하고, 그 결과에 만족하자고 생각했다. 그래야 나를 상대적 박탈감이라는 스트레스로부터 지킬 수 있다.

이인자의 자리에 만족하며 사는 나는 내 역량 내에서 무엇이든 즐기면서 하기를 바란다. 청소도 마찬가지다. 청소를 완벽하게 하는 것은 애초에 내가 할 수 있는 일이 아닌 것 같다. 청소법이 궁금해 인터넷 검색을 하다 보면 가끔 엄청난 살림꾼들을 만나게 된다. 마치 강박증이라도 있는 것처럼 냉장고에는 같은 디자인의 밀폐 용기가 레고 블록 쌓듯 정갈하게 수납되어 있고, 다용도실마저 윤나게 닦고 사는 사람들이다. 그럼 나는 또 우리 집의 청소 상태를 비교하게 된다. 밀폐 용기라도 새로 사볼까 하는 마음에 온라인 쇼핑몰을 살펴보고 창틀이라도 닦아본다. 하지만 인테리어가 달라서인지 아무런 감흥이 들지 않는다. 그때 내 안의 적당히주의자가 고개를 든다.

'우리 집이 무슨 모델하우스도 아니고, 내가 편안할 정도의 깔끔함으로 충분해. 휴대폰 안의 얼굴도 모르는 사람들의 살림과 비교할 필요 없잖아.'

여가의 대부분을 청소로 보내고 싶지 않다. 할 수만 있다면 청소는 다른 사람에게 맡기고 나는 놀고 싶다는 게 솔직한 나의 심정이지만, 이 작은 살림을 남에게 맡기는 것도 우세스러우니 구식 청소기를 부지런히 쓴다. 그중 아침에 5분 정도 투자해 청소기를 돌리는 일은 작지만 큰 투자다. 지난 저녁에 아침에 일어난 나를 상상하며 미리 준비하는 시간을 보냈다면, 아침은 저녁에 집에 돌아온 나를 생각하며 보내는 시간이다. 온종일 업무에 시달려 '기 빨린' 상태로 퇴근한 내 모습이 그려진다. 에너지 충전이 시급하건만 집에 돌아오니 엄청난 생활의 흔적이 발견된다면 어떻게 편안한 내 집에 돌아왔다는 실감이 날 수 있겠냐는 마음에서다.

집이 작고 정리 정돈할 것이 극히 적어 청소에 저항감이 큰 나로서도 이럭저럭 깔끔한 생활을 유지할 수 있다. 생활의 규모를 줄인 그다음부터는 몸에 밴 습관이 전부다. 세탁이 필요한 수건은 사용 후 바로 빨래통으로 보낸 후 새 수건으로 교체해두고, 쓰레기는 테이블 등에 올려두지 않고 생길 때마다 휴지통에 버리는 것처럼 작고 사소한 것이지만 미루지 않는 것만으로도 일상의 청소 스트레스가 줄어든다.

우리 집은 완벽하지 않다. 옷은 각을 잡아 접어두지 않았고, 먼지 한 톨 없이 살기 위해 걸레를 손에 들고 다니지도 않는다. 욕실에 물 얼룩 하나 없는 것이 가능한가? 누구나 자신이 만족하는 수준이 있을 텐데, 나는 나에게 높은 성취를 요구하지 않는다. 퇴근 후 집에 돌아온 나를 맞아주는 현관에는 아무런 신발이 놓여 있지 않다. 집 안으로 첫발을 내딛는 순간 매끄러운 바닥이 나를 맞이한다. 이 정도면 적당하다.

'적당히주의자'의 그래도 청소

일본에서 오래 살다 온 직장 동료분이나 내 성격의 밑바닥까지 본 친구도 내가 깔끔을 떨 때마다 '일본 사람' 같다고 말한다. 화장실이 더러우면 가지를 못 하고, 맛없는 식당은 용서해도 더러운 식당은 용서할 수 없는 예민증이 있을 뿐. 결코 결벽증은 아니다. 누구나 민감하게 구는 것 한두 가지는 가지고 있고, 나는 낯설면서 지저분한 곳이 싫다.

그나저나 일본 사람은 왜 깔끔함의 대명사이고 나는 그 단어에 반박할 수 없었나 돌이켜 생각해보면 디자인 수업 시간 때 배운 내용이 떠오른다. 미니멀리즘 디자인 하면 일본의 젠zen 미학을 빼놓을 수 없다. 일본풍 디자인, 자포니즘을 대표하는 것이 바로 젠. 젠은 선불교를 의미하는데, 중국의 달마로부터 시작되었으며 우리에게는 선종으로 익숙한 불교 교리다. 선불교의 수행 방식은 가부좌를 틀고 앉아 마음을 비우고 명상에 잠기는 좌선의 방식이다. 지저분한 공간에서 마음을 깨끗하게 만들기 어렵고, 번뇌에 휩싸이지 않기 위해 주변을 정돈하는 것이 당연했을 것이다. 그런 철학이 대대로 전해지며 여전히 깔끔한 공간을 선善으로 보는 것이 아닐지 생각해보았다. 물론 어디까지나 나의 가설.

교토의 사찰 료안지에서 만난 돌 정원의 정갈함, 일본의 전통 숙박 시설인 료칸의 발 딛는 것이 조심스러울 만큼 반들반들한 마룻바닥을 떠올려본다. 그 공간들이 주는 묘한 차분함이 마음의 번다함을 없애주고 딱 하나에만 집중할 수 있게 해준다. 크게는 내가 머무는 집도 그런 공간이 되어주었으면 좋겠다. 하지만 집안일이란 그렇게 거대하고 진지한 것이 아니다.

가스레인지 상판 청소는 요리 끝내고 바로

수세미는 보름에 한 번씩 교체

햇볕 좋은 날 그늘에서 도마 일광욕

리필 용기에 세제 채우기

휴지, 키친타올 등 떨어지기 전에 구매하기

보름에 한 번 큰 가구 옮겨서 바닥 청소하기

벽에 붙은 콘센트들 먼지 닦기

칫솔 스탠드와 트레이 세척

비 온 다음 창틀 닦기

분기별로 배수구에 클린액 부어 청소

에어컨 필터, 선풍기 먼지 청소

집안일은 사소한 것으로 가득 찬 단순 노동의 세계이고, 리스트를 만들다 보면 팔만대장경에 필적할 정도로 그 가짓수가 많다. 그런 사소함이 모여 이 작디작은 세계를 유지한다. 사무실에서 종일 잔머리를 굴려 일하고 집에 돌아와서는 넋 놓고 머슴처럼 걱실걱실 단순 노동을 하는 것은 머리와 몸을 균형 있게 쓰는 일이기도 하다.

그런 나의 일요일 오전은 평일에 하기 어려웠던 시간이 걸리는 미세한 청소들을 하는 시간이다. 다림질까지 땀나게 하고 나면 잘 씻고 예쁜 옷으로 차려입고 마치 청소 같은 것은 태어나서 한 번도 해본 적이 없다는 표정으로 백화점에 혼자 우아하게 앉아 비싼 초밥을 사 먹는 것이 나에게 베푸는 작은 복지다. 머릿속으로 내일 출근길에 다 쓴 건전지 모아둔 것을 주민센터 폐건전지함에 갖다 버려야겠다고 생각하는 것마저 막을 수는 없지만.

독하게 바로 설거지

쌓아두고 내버려둬서 좋은 것은 예금밖에 없다. 어떤 일이든 문제가 작을 때 해결하면 금방 끝나지만 미루고 미루다 보면 더 큰일로 번지곤 하는데, 일상의 사소한 일들도 마찬가지다.

적게 먹기의 이점 중에는 설거지를 포함한 뒷정리를 바로 할 수 있다는 것도 있다. 과식이 잦았던 때에는 배가 너무 부른 나머지 손가락 하나 까딱할 여력이 없어 나중에 해야겠다고 미루곤 했다. 여러 가지 식기에 음식을 담았고, 이것저것 만드느라 조리도구까지 모조리 꺼내 쓰는 바람에 설거지할 것도 참 많았는데, 무거운 몸으로 의욕이 생길 리 없었다. 접시가 쌓인 날은 설거지를 한 시간 가까이 한 적도 있었으니 모든 것이 참 낭비스러운 생활이었다.

혼자 살림하면서 가족과 함께 살던 시절의 나를 돌이켜 볼 때가 많은데, 물컵처럼 기름기가 없어 세제로 씻을 필요가 없는 그릇들은 바로 씻어두면 실거짓거리가 줄었을 텐데 그 일을 하지 않아 살림을 도맡아 하던 가족에게 적지 않은 스트레스를 줬겠구나 싶다. 정말 부끄러운 일이지만 그때는 '나 아닌 다른 사람이 하겠지'의 마음이 컸다. 누군가 내가 어지럽힌 자리를 대신 치워줄 거라고 생각하며 상대방의 호의에 기대어 편하게 살려고 했었다.

파울로 코엘료의 소설 『오자히르』에서 발견한, 이 세상에 작동되고 있다는 호의 은행. 사람 사이에서 호의는 입금 출금이 되는 일인데, 내가 해야 할 일을 남이 대신(아무리 가족이라도) 하게 했다면 그것은 장부에 기재해두었다 나중에 갚아야 하는 일이 된다. 가까운 관계일수록 호의를 계속 꺼내 쓰기만 한다면 언젠가 그 마이너스 통장은 부도 처리될 것이고 그 관계는 끝난다. 갑자기 어떤 사람의 인생에서 차단당하고 쫓겨난 기분이 들 때가 있었다면, 그건 상대에게 인색했던 자신을 돌이켜 보아야 할 일이다. 마찬가지로 내게서 호의를 출금만 해가는 사람이 주변에 있다면 엄청나게 실망스러울 것 같다. 가족의 애정에 기대어 생활을 맡겼던 게으른 내가 혼자 살고 나서야 깊이 반성하고 대가 없었던 희생에 대해 무한한 고마움을 느낀다.

『느리게 산다는 의미』의 작가이자 철학자 피에르 상소는 행복의 본질이 무엇인지는 알 수 없으나 무엇이 그 행복에서 벗어나게 하는지는 잘 알고 있다고 했다. 우리의 기분을 불쾌하게 만들고, 자신에게 실망하는 일은 매우 큰 일이 아니라 아주 사소한 것에서 시작한다. 가끔 우리는 느림과 게으름을 헷갈려 하는데, 느리게 사는 것은 조바심을 내지 않고 천천히 살아가는 태도다. 게으름은 어떤 동기부여도 되지 않은 일에 '하기 싫다'는 마음의 저항력이 높은 상태. 게으름 때문에 결국 미루기가 시작되는데, 그게 바로 일상이 재앙으로 바뀌는 시작점 같다. 어제 끝냈어야 할 일을 오늘까지 이어서 하면서 그 일 때문에 예정된 모든 일이 밀리고야 마는.

홀가분하게 사는 방법은 내일의 일은 내일의 내가 한다는 생각으로 적당한 선에서 멈추는 것도 맞지만, 오늘의 일만큼은 오늘의 내가 끝내야 한다는 것을 포함하고 있기도 하다. 오늘도 저녁 식사를 마치고, 양치를 바로 한 다음, 설거지와 뒷정리를 이어서 한다. 물을 마시는 순서는 이 모든 일이 끝난 뒤다. 그렇게 매뉴얼처럼 짜인 저녁 식사를 마치고 나면 깔끔하게 정리된 부엌이 주는 평온함이 찾아온다. 모든 면에서 지나치게 부지런해야 할 필요는 없지만, 내가 머물렀던 장소만큼은 내가 존재했었다는 흔적을 깔끔하게 지우고 사라지는 것이 나의 됨됨이를 비추는 거울임을 이제는 깨달은 것이다.

생활의 동반자

자주 사용하는 것이야말로 좋은 품질의 제품을 갖춰두고 살아야 삶의 질이 올라간다. 내가 가진 물건들에 큰 불만이 없는 이유는 작은 것도 잘 만들어진 것을 쓰려고 하기 때문일 것이다. 늘 쓰는 클렌저와 샴푸로 샤워를 마치고 호텔에서 사용하는 것처럼 폭신한 타올을 사용하고, 유기농 면봉을 쓰고 모두 똑같은 디자인과 색상의 유기농 면 속옷이 세탁한 순서대로 개어져 있는 것을 꺼내 쓰는 일. 변화가 없어 언뜻 지루하게 느껴질 수도 있지만, 매일 반복되는 일만큼은 큰 변화 없이 안정감 있게 흘러가는 편이 기대를 벗어나지 않는 똑같은 만족감을 준다.

나에게는 생필품 루틴 리스트가 있다. 마음에 들었던 것이 생기면 다른 것을 써볼까 고민하지 않고 늘 같은 것으로 산다. 화장품, 구강위생 용품, 속옷, 수건이나 면봉, 세제 같은 생활잡화는 사용하는 제품만 써서 그 리스트를 작성해두고 구매 주기, 온라인몰의 가격 등을 비교한다. 그리고 다 떨어지기 전에 잊지 않고 채워두는 것이다.

그동안 쓸데없는 것에 머리를 너무 굴리며 살았다. 여러 가지 제품을 가격이 더 싸서, 신제품이어서, 1+1 제품이어서 자주 바꿔가며 사용했다. 매번 다른 제품을 쓰는 것은 새롭기는 하지만 같은 결과물을 약속하지는 않는다. 어떤 세제는 향이 너무 진해 머리가 아팠고, 새로 산 값비싼 화장품은 내 피부와 맞지 않았는지 좁쌀 같은 뾰루지가 생기기도 한다. 가격이나 덤 상품, 쿠폰 때문에 늘 쓰던 것에서 바꿔서 무언가를 사용하는 것은 참 피곤한 일이다. 무언가 도전하기를 멈췄다기보다 일상품만큼은 생산하는 기업이 큰 사고만 치지 않는다면 새로운 것에 도전할 필요가 없어서다.

기발한 아이디어 상품에 호기심이 사라진 것은 미니멀라이프가 가져온 결과다. 물욕이 거의 고갈되어 가는 것을 가끔 느끼곤 하는데, 그런 나라도 눈을 빛내고 다시 보는 것이 있으니 유기농 성분으로 만들었다는 제품들이다. 몸에 매일 사용하는 제품을 고를 때는 더 비싼 값을 치르고서라도 유기농 제품을 고른다. 국내에서 판매하지 않는 오가닉 면봉을 번거롭게 6개월이나 해외 구매 대행하고, 생리대 발암물질 파동 이후 에코서트 인증받은 유기농 생리대 제품이 아니라면 쳐다보지 않는다. 속옷 또한 유기농 면 제품을 만난 뒤로 늘 같은 것을 반복적으로 사고 있다. 멋진 디자인과 재미난 것도 물론 좋지만, 겉모습은 심플해도 본질이 좋은 것만큼은 따라올 수 없다. 단순한 우아함이란 수식어는 그런 제품들에 붙여야 옳을 것이다.

일본 이세탄 백화점에서 유기농 코튼 브랜드를 만났다. 유기농 면으로 된 파자마부터 이너웨어까지 즐비해서 천년의 물욕이 다시금 샘솟는 것을 느꼈으나 파자마 한 벌에 50만 원이라는 가격표를 보고 조용히 내려놓은 기억이 난다. 개개인에게 좋은 품질의 기준을 정하는 것은 주머니 사정이라는 커다란 산을 고려하지 않고서는 무리다. 돈이 많다면 유기농으로 된 모든 것을 먹고 걸치고 외출복은 실크만 입고 살겠지만, 그렇게 살 수 없다는 것이 현실이고 내가 가진 것 대비 지나친 소비를 하려는 것도 아니다. 다만 몸에 밀착해 닿는 것일수록 좀더 값을 주더라도 유기농으로 된 제품을 쓰고 싶다.

사소하지만 좋은 생필품이 생활을 얼마나 윤택하게 해주는지는 귀 청소를 할 때, 바셀린을 면봉에 묻혀 입술에 각질을 제거할 때, 심지어 뾰루지를 짜낼 때 오가닉 면봉의 활약상을 느껴보면 알게 된다. 오가닉이란 말이 주는 플라세보 효과일지도 모른다. 하지만 조금은 더 공들여 만들었겠지 하는 생각과 늘 같은 것이 주는 익숙함은 생필품 리스트의 구매 주기를 면밀하게 관찰해 한 번도 생필품이 떨어져 곤란해하는 상황을 맞닥뜨리지 않는, 잘 관리된 일상을 만든다.

모든 것은 정해진 자리가 있다

가방은 가방의 자리에, 옷은 옷의 자리에.

집으로 돌아왔을 때 가방을 아무 곳에나 던져두고 방 어딘가에 옷 무덤이 만들어진다면, 그 집의 분위기는 휴식과 차분함과는 거리가 멀어진다. 카오스 속에도 질서는 있다고, 정리 정돈을 깔끔하게 하지 않아도 살아가는 데는 사실 아무 문제가 없다. 하지만 어쩌면 살면서 누릴 수 있는 많은 것을 잃어가고 있는지도 모른다.

내가 가진 모든 것에는 제자리가 있다. 그래서인지 있어야 할 곳에 있는 물건들을 바라보면 안정감이 든다. 서랍에는 여권과 지갑만의 자리가 있고, 무엇이든 겹쳐서 보관하지 않아도 될 만큼 모든 자리의 공간은 여유롭다. 겉으로는 깔끔하게 보이지만 속은 비집고 들어갈 틈이 없는 눈 가리고 아웅 하는 수납법은 없다.

그저 물건이 많지 않은 간소한 생활의 방식. 여기에 사용한 물건을 바로 제자리에 돌려놓는 습관화된 행동이 집을 안정적으로 만든다. 어느 날 부엌의 수납 방식을 보다 동선 친화적으로 바꿔보려고 양념들은 위 칸에 수저통은 반대쪽으로 바꿔보았다. 한동안 과거의 자리를 찾아 헤매는 것을 보고 기억력이라는 것은 잠깐이고 오히려 반복한 어떤 행동에 대한 습관이 훨씬 오래 영향을 미친다고 생각했다. 머리로 읽은 수영법은 금방 잊지만, 몸으로 배운 수영법은 평생을 가듯이.

날 때부터 타고난 정리 정돈 기술을 발휘했던 것도 아니고, 철저히 학습에 의해서 나만의 단조로운 생활을 즐기고 있는 나로서는 정리 정돈과 인생의 복잡한 문제가 매우 긴밀히 얽혀 있음을 깨달았다. 특히 돈 문제. 좁은 집을 더 좁게 만드는 잡동사니 때문에 넓은 집이 필요하다고 생각했고, 늘 만족하지 못했다. 후기 스토아학파 철학자인 세네카는 "가난하다는 말은 너무 적게 가진 사람을 두고 말하는 것이 아니라 더 많은 것을 바라는 사람을 두고 하는 말이다"고 했다. 소유의 즐거움은 부정할 수 없는 사실이고 어떤 물건들은 생활을 아름답게 만들어주기도 한다. 하지만 대부분 물건은 여유 있는 공간과 넉넉한 통장 잔액을 선물로 주지 않는다.

고심 끝에 선택한 내 취향의 물건들이 잘 관리되어 제자리를 지키고 있는 모습은 물건을 더 소중히 쓰게 한다. 퇴근하고 돌아오면 마른 헝겊으로 신발의 안쪽과 바깥을 모두 닦아두고, 밤새 통풍을 시킨다. 다음 날 어제 닦아둔 신발을 신발장에 넣어두는 내 모습은 구두 100켤레를 갖고 있던 시절에는 상상하기 어려운 일이었다. 가진 것이 적으면 물건 하나하나가 소중해져 더 잘 관리하게 된다.

불필요한 것을 덜어내고 쓸데없는 욕심을 내지 않는 삶의 방식을 갖게 된 일이 30여 년 넘게 살면서 가장 잘한 선택 같다. 이대로 노후까지 늘 같은 자리에서 제 역할을 톡톡히 해내고 있는 살림의 동반자들과 함께 지내는 내 모습을 그려본다. 물질이 주는 번뇌에서 벗어나 홀가분한 마음으로 더 넓고 깊은 세계를 탐구하는 내가, 어디에 두었는지 기억조차 안 나는 물건을 찾느라 콧김을 뿜어대는 나보다는 멋지겠지.

적당히 요령껏 살림

1. 과탄산소다와 베이킹소다의 만남

베이킹소다는 대중적인 살림 팁으로 자주 등장하기 때문에 잘 알고 있었지만, 최근에 과탄산소다의 존재를 알고 그 경이로운 효과에 반한 뒤로 조금씩 묵은 살림을 새것에 가깝게 바꾸고 있다. 베이킹소다와 과탄산소다를 1:2의 비율로 섞어 뜨거운 물을 부어주면 묵은 때가 빠져나오는데 환풍기 기름때 제거, 녹차 물이 들어 있던 법랑 컵까지 말끔하게 씻어준다. 이 화학물질을 사용할 때 고무장갑과 마스크는 필수고, 마치 화학실험처럼 하얀 증기와 함께 거품이 일어나므로 구할 수 있다면 실험실용 고글이라도 착용하면 눈 보호까지 완벽할 것 같다. 아니면 물안경이라도. 환기 또한 반드시 해야 한다.

2. 새 옷은 반드시 세탁한 다음 입는다

생활 속 화학 이야기를 다룬 『케미컬라이프』에 의하면 새 옷에는 옷을 반듯이 펴진 상태로 유지하기 위해 자극성이 강한 포름알데히드가 사용된다고 한다. 기체 상태이므로 오랜 시간이 지나면 서서히 빠져나온다고는 하지만 보통 매장에 걸린 옷을 사기보다 새 옷 상태로 가져오는 경우가 많으므로 반드시 세탁한 다음 입는 것이 좋다. 속옷류는 당연하고, 면티 등도 그렇다. 울 제품 등 드라이클리닝이 필요한 옷일 경우 당장 입지 않고 오랫동안 걸어둔 다음 입는다.

3. 바람이 잘 통하는 라탄바구니

내가 즐겨 사용하는 수납함은 라탄 소재다. 이불이나 수건과 같은 패브릭 종류부터 구급약을 보관하는 용도로 크기별로 4종류를 가지고 있다. 종이상자는 내구성이 부족하고, 플라스틱 박스는 통풍이 염려된다. 그래서 선택한 라탄은 이국적인 분위기를 내주는 인테리어 효과와 함께 습하지 않게 물건들을 보관해준다는 장점으로 꾸준히 사용하고 있다.

4. 단골 세탁소

지금 집으로 이사 오기 전 거래하던 작지만 알찬 개인 세탁소가 있다. 드라이 클리닝을 맡기기 전 코트에 단추가 덜렁거리듯 달려 있었는데, 세탁 이후 꼼꼼하게 꿰매어져 있던 것을 보고 오래 거래할 집이란 것을 깨달았다. 큰길 건너 다른 동네로 이사 왔지만 특별히 부탁하여 옷을 수거하고 배달해주는 서비스를 받고 있다. 기업 세탁소보다 조금 비쌀지 모르겠지만 공장식이 아닌 개인의 세심한 케어를 받은 옷은 더 깔끔하고 손상이 적게 세탁되어 온다. 단골로 거래하는 가게들이 생길 때마다 생활의 안정감이 더 커지는 기분이다.

5. 작은 냉장고를 더 여유롭게

냉동실과 냉장실 모두 검은 비닐봉지 사용 금지. 냉동실에서도 식료품은 점점 상해간다고 하니 눈에 보이지 않아 활용하지 못한 재료가 없도록 투명한 비닐이나 밀폐 용기를 써서 식료품을 관리한다. 식료품의 양이 줄어들면 보관 용기를 작은 곳에 옮겨 담는 것도 냉장고의 공간과 전기 절약을 위한 필수적인 일이다. 정리보다 중요한 것은 먹을 만큼만 사두는 일. 다음 장보기 날 전까지 '냉장고 파먹기'를 한 다음 텅텅 비었다 싶으면 새로 장을 본다.

6. 수건 세탁할 때는 섬유유연제를 쓰지 않기

수건의 기본 임무는 물을 흡수시키는 것에 있는데 섬유유연제를 넣고 세탁하면 섬유가 코팅되어 본연의 기능을 잃게 되는 데다 수건의 수명도 단축된다고 한다. 젖은 수건은 빨래통에 다른 옷들과 뒤섞이도록 두면 습해서 박테리아 등이 번식할 수 있으므로 따로 분리하여 둔다.

7. 수시로 환기하기

미세먼지 때문에 문을 열기 찜찜한 날이 아니라면 적극적으로 환기를 시킨다. 특히 가스레인지로 요리할 때 반드시 창을 열어주는 것이 좋다고 한다. 산소량이 부족하면 일산화탄소가 생길 수 있다고. 또한 실내를 좋은 향으로 채우고 싶어 아로마캔들을 사용하는 경우가 있는데, 이 또한 폐에 좋은 일은 아닌지라 충분히 환기되는 공간에서 사용한다. 집에서 퀴퀴한 냄새가 나는 것도 밀폐된 공간에서 자고 일어나면 몸이 더 찌뿌둥하게 느껴지는 것도 모두 환기 부족. 아무리 추운 겨울이어도, 에어컨을 종일 가동하고 있더라도 우리 몸은 신선한 공기를 원한다는 사실을 잊지 않고 환기를 생활화하고 있다.

8. 일회용품 없는 세상을 꿈꾸며

배달된 장바구니를 정리할 때마다 수많은 비닐봉지와 플라스틱 박스를 분리 수거 품으로 정리하게 된다. 그때마다 한숨이 푹푹 나오는데 재활용이 되는 재질이어도 애초에 생산하지 않는다면 환경에 더 좋은 일이 아닐까 싶다. 일 회용품을 받지 않는 것을 일상화하는 것만이 살림에 불필요한 쓰레기를 처 리하는 일을 줄여주고, 환경도 살리는 일. 가끔 배달 음식이나 테이크아웃을 즐기는 사람을 보면 쓰지도 않은 나무젓가락이나 빨대를 챙겨두는 경우도 있는데 쓸데없이 공간만 차지하는 데다 소비하지 않는 편이 건강에도 더 좋 다. 일회용 나무젓가락에 뜨거운 것이 닿으면 독성물질이 나올 수도 있다고 한다. 받지 않고 쓰지 않는 게 먼저다.

6

통통한 통장이 필요해

돈 걱정 줄이고 살기

전기 스크루지의 아침

전기료 1530원.

어느 날 이메일로 날아든 전기요금 청구서를 보고 '이렇게 적게 나올 수도 있나?' 하며 가느다란 숫자를 계속 바라봤다. 자취생활 10년 넘어 마주한 최저 요금의 기록. 사람들은 내게 반딧불 잡아 불 켜냐며 놀렸지만, 정작 당사자는 절약 의도가 전혀 없었다. 그저 가진 게 적고, 불안함이 컸을 뿐.

책과 넷플릭스를 더 좋아해서 TV가 없다. 처음부터 없지는 않았고 없앴다. 5년간 갖고 있던 TV를 가족에게 넘기고 돌아오는 길에 한국전력공사에 전화를 걸어 "TV가 없는데, 이제 수신료는 안 나오는 거죠?"라고 신고한 뒤로 TV 수신료가 요금에서 사라졌다. 우리 집에 365일 전기를 먹고 사는 가전이라곤 1/3 정도만 채워진 255리터 냉장고 하나뿐. 전기밥솥마저도 밥을 지을 때만 사용하고 싱크대 하부장에 넣어둔다. 실내 온도가 34도에 육박해도 에어컨 없이 선풍기로 버티기도 했다. 이 정도 되면 궁상을 넘어 일사병으로 죽을까 염려될 정도인데, 그런 나를 긍휼히 여긴 지인이 생일 선물로 침실에 작은 에어컨을 설치해주기도 했다. 자린고비의 굴비처럼 매달려 있는 에어컨은 견디기 힘들 정도로 더울 때만 최대 온도로 설정해 사용하는 비상용품. 전기세 폭탄이 두려워서라기보다 늘 좋은 컨디션을 유지하기 위해 고심하는 내게 냉방병이 더위보다 더 꺼려졌기 때문이다.

여기에 플러그 뽑기 습관이 몸에 배어 있다. 아침에 휴대폰 알람 소리에 부스스 일어나면 한 번도 거르지 않고 손이 자동으로 침대 옆 스탠드와 휴대폰 충전기의 플러그를 뽑아버린다. 내가 통제할 수 없는 상황에서 혹시 불이 나면 어떡하나? 온갖 괴로운 상상이 밀려 들어와 외출할 때는 불필요한 모든 플러그를 빼고 나서야 안심하며 집을 나설 수 있다. 이때 느끼는 불안을 나는 긍정의 불안이라 생각한다. 불안에 잠식당해 아무것도 할 수 없을 때는 문제지만, 불안을 느끼는 것에 적극적으로 해결 방법을 찾아 예방하고자 하는 사람에게 불안은 오히려 삶을 더 단단하게 만들어주는 고마운 감정이니까.

화재에 대한 불안은 12살에 겪은 위기 때문이다. 당시 언니는 아침에 외출 준비를 하면서 헤어드라이어를 책 위에 켜 놓은 채 새카맣게 잊고 바삐 집을 나섰고 언니보다 집에서 보내는 아침 시간이 길었던 나는 과열된 헤어드라이어에서 불꽃이 뿜어지고 있는 것을 목격하게 되었다. 불이 나는 모습에 겁이 났지만, 바로 플러그를 빼버렸고 헤어드라이어는 이내 무슨 일이 있었냐는 듯 불 뿜어내기를 멈췄다. 전기 관련 화재가 발생할 때 물을 뿌리면 안 된다는 것을 알지도 못했던 어린 내가 플러그 뽑기 하나로 화재를 막았다. 그리고 전기로 인한 화재의 두려움을 트라우마로 동시에 얻었다.

그래, 어떤 이유를 대더라도 결과적으로는 전기 짠순이가 되고 마니, 그냥 전기 절약이 특기인 사람이라고 인정하는 편이 낫겠다. 심지어 통장의 권유로 '서울시 에코 마일리지'에 가입한 이래 단 한 번도 인센티브 수혜자로 선정되지 않은 적이 없으니 이쯤 되면 반쯤 공인된 에너지 절약가. 훗날 에너지 절약 시민 표창이라도 노려볼 요량인지 오늘도 불안함을 달래려 가장 먼저 전기 플러그를 뽑는다. 아침을 여는 일이 낭만적인 구석이란 전혀 없는 안전부터 챙기는 일이라 지나치게 현실적이지만 나의 하루는 플러그를 뽑아야만 시작된다.

통통한 통장이 필요해

혼자 사는 것은 돈과의 싸움

나 혼자 산다는 것. 독신주의, 비혼을 꿈꿨던 것은 아니지만 자연스럽게 결혼과 점점 멀어져가고 있다. 결혼이 선택이라는 것을 받아들일 수 없는 가부장제 DNA의 부모님을 빼곤 "왜 결혼하지 않느냐?"고 사적인 영역을 침범해 질문하는 사람들도 거의 사라졌다. 그들은 모두 결혼해서 주변의 미혼을 걱정할 만한 오지랖은 사치인 듯, 육아에 바쁜 것 같다.

결혼하지 못해 우울증을 동반한 분노에 시달리는 미혼 친구를 보면 결혼이라는 제도 그 자체가 누군가의 삶을 송두리째 흔들 만큼 중요한 것이라는 생각이 다시금 들곤 한다. 그때를 제외하고 내게 결혼은 상상의 세계에 불과하고, 지금 발을 딛고 있는 현실이 더 중요하다. 혼자 살아간다는 것은 외로움보다 돈과의 싸움 같다. 자본주의에서 숨 쉬고 살려면 돈이 절대적으로 필요한데, 여기에 평생 싱글임을 전제로 삶을 설계할 때 믿고 의지할 수 있는 가장 기본적인 안전망이 돈이다.

싱글이 아프거나 실직하게 된다면 생계를 책임져줄 사람이 없다. 싱글은 출산하지 않아 또는 못했다는 이유로 국가에 내는 세금도 많다. 아무리 열심히 소비를 해봤자 연말정산 때 돌려받는 세금이 조금이나마 있으면 다행일 정도가 대다수다. 회사에서 받을 수 있는 복지 대부분도 유자녀 기혼으로 한정되어 있을 때가 많다. 아파트 청약 당첨도 마찬가지로 싱글에게는 기회가 거의 없다. 사회 소외계층이라고 볼 수도 있지만, 그 누구도 불쌍하게 생각하지 않는다. 물론 고독사에 대해 우려하는 목소리가 나올 때 동정받기도 한다. 씁쓸한 현실이지만, 아무도 싱글의 인생을 책임져주지 않는다.

여기에 저소득 싱글이라면 더욱 문제가 심각해진다. 『여성 파산』이라는 책을 통해 일본의 여성들이 겪고 있는 삶의 불안을 우리 사회에 대입해볼 수 있다. 그중 가난하지만 충실한 삶을 사는 사람을 뜻하는 '푸어주Poor+充'라는 말이 인상 깊었는데, 가난하지만 하루하루를 즐겁게 살아가는 사람들이라고 한다. 채소 껍질을 말려서 졸여 먹고, 베란다에서 채소를 키우는 등 경제적으로 힘들지만 소박한 생활을 하며 긍정적으로 살아간다고. 가난 자체가 행복할 리 없는데 정신 승리의 모습을 보이는 푸어주. 넉넉한 금융자산이 있으면서 소박한 생활을 하는 것과 정말 돈이 없어서 가난한 생활을 하는 것은 엄청난 차이가 있다. 돈이 없다는 것은 늘 돈 걱정 속에 살아야 한다는 것을 의

미한다. 먹을 것이 떨어지고, 공과금을 못 내는 상황에서 웃음이 나올 리 없다.

사회초년생 때 돈이란 낭비해도 다시 벌면 그만인 것이었다. 앞으로 벌 기회가 많다고 생각해서다. 중년을 향해 다가가는 나이가 되자 돈을 언제까지 안정적으로 벌 수 있을지 막막해진다. 노후까지 생각하면 빤한 수입을 요리조리 잘 쪼개어 관리하는 것도 무척 중요해지는데, 나는 살면서 아낀 날보다 과소비한 날이 더 많았던지라 지출 관리를 위해 가계부를 꾸준히 쓴 적은 없다. 지난 1년간 '여자는 혼수 마련해 갈 결혼 자금만 있으면 된다'라는 사회적 세뇌에서 벗어나 혼자서 오롯이 살아가야 한다는 현실을 직시한 채 돈에 대해 많은 고민을 했다.

그렇게 가계부는 아니지만, 자산 관리표를 만들게 되었다. 자산이라고 하니 꽤 거창하지만 가정 경제 상황을 한눈에 파악할 수 있는 표를 만들고 나무로 치자면 뿌리가 되는 자산과 가지가 되는 자산을 정리해 관리하는 표다.

지금 수입의 절반은 뿌리에 저금한다. 이사 걱정하지 않고 집주인 눈치 없이 자신의 집에서 산다는 안정감, 노후에 주택 연금을 신청할 수 있는 실용성. 세나가 평생 월세를 내고 산다고 가정하고 돈 계산을 해보니 지금 집을 산 돈이 평생 월세보다 적었다. 여러 이유로 부동산 투자와는 전혀 상관없이 계속 살 생각으로 작은 집을 샀다. 빚을 끔찍하게 싫어하지만, 모아놓은 돈이 많지 않아서 대출을 받아 매달 성실하게 수입의 절반으로 대출을 갚아 나가고 있다. 세상에 좋은 빚이 있다는 생각은 전혀 하지 않지만, 적어도 은행과 함께 산 집 때문에 돈을 계획적으로 관리하고 사용한다는 점은 내게 좋은 일이 되었다.

자산 관리표에는 가지에 해당하는 항목이 있다. 바로 비상금, 보험, 연금, 퇴직금인데 미래에 닥쳐올 위기에 대비하기 위해서다. 매월 정해진 금액을 적립해 가지를 풍성하게 만드는 데 사용한다. 주택 대출금 상환이 마무리되면, 노후 자금을 모으는데 힘을 쏟을 계획도 세워본다.

그다음 매달의 고정지출과 세금, 식비와 잡비 같은 것을 정리해, 월급날이 되면 전달 사용한 비용을 결산한다. 매일 쓰는 가계부는 소비를 점검하는 것에 목표가 있지만, 나의 자산 관리표는 현금의 흐름을 관리하고 자산이 얼마나 늘었는지 확인하는 역할을 한다. 일일 가계부는 사람을 지치게 한다. 소비를 하나하나 점검하는 것이 자유를 억압당하는 느낌이 들어서다. 수입의 절반을 저축했고, 미래를 위한 분담금도 냈다면 남은 한 달의 생활비는 주어진 예산 안에서 아무것이나 해도 상관없다는 생각이다.

생활수준은 한번 올라가면 쉽게 내려오기 힘들다. 에르메스 스카프를 사는 게 당연하고, 여행을 가면 하얏트 호텔을 예약했던 과거의 나는 아직도 남아 있다. 취향을 바꾸는 것은 어려운 일이지만, 비혼으로 생존하기 위한 위기의식을 느낀 뒤로 모든 것은 가장 못 벌었을 때의 나를 기준으로 삼으려 한다. 자산은 불려 나가되 소박한 생활을 기본으로 살아가는 것. 수입이 끊겼을 때, 아팠을 때를 대비해야 한다. 이 두 가지가 한번에 오는 것이 노후고, 죽음 뒤 장례 비용 부담까지 상상하여 생애 예산을 계획한다. 용돈 기입장 같은 가계부 대신 앞으로의 삶을 예상하며 짜는 자산 관리표가 필요했던 것은 남에게 폐를 끼치지 않고 스스로 존엄성을 지키며 죽는 날까지 살고 싶다는 바람에서다. 그러자면 경제적 독립은 선택이 아닌 필수. 돈에 대한 치열한 고민 끝에 얻은 결론이다.

할부는 못 말려

"마통 이자 얼마나 나와?"

친구의 물음에 '마통'이 뭔지 한참 생각했다. 마이너스 통장의 줄임말이었는데, 나는 마통을 개설해본 적이 없다. 일반적인 신용대출과 무엇이 다른지 인터넷 검색으로 찾아본 뒤에 알게 되었다. 돈을 미리 당겨쓰고 갚아나가는 방식은 대출과 다를 바 없었지만 정해진 한도에서 더욱 편리하게 빌려 쓰고 갚을 수 있는 것 같았다. 친구들과 만나 쇼핑을 하게 되면 대부분이 5만 원만 넘으면 무이자 할부가 되는 카드라면서 할부로 물건을 사곤 한다. 정해진 생활비 안에서 체크카드를 쓰는 것이 원칙인 내게는 조금 낯설게 느껴질 만큼 외상은 일반적인 일 같다.

마치 나는 처음부터 할부 생활과는 거리가 먼 것처럼 굴고 있지만 사실 대단한 쇼핑 중독자였으므로 과거의 나를 불러온다면 입이 열 개여도 할 말은 없다. 할부로 물건을 사지 않는 이유는 할부 금액 때문에 다음 달의 생활비 예산을 짜는 것이 번거롭기 때문이다. 하지만 더 큰 문제는 할부는 할부를 부른다는 점이다. 비싼 물건도 나눠서 내면 싸게 느껴지고, 다음에 또 하나의 비싼 물건을 할부로 산다 해도 매월 느끼는 부담은 물건 하나의 값에도 미치지 않는다. 그렇게 지르다 보면 어느새 눈덩이처럼 불어난 할부 금액이 매달 돈 걱정을 시킨다.

얼마를 벌든 돈 걱정 없이 지내는 것이 가장 사치스럽다. 쓰는 돈보다 버는 돈이 많으면 가장 이상적이지만, 돈이 많으면 많을수록 더 많이 쓰는 이상한 소비 방식 때문에 적게 벌어도 덜 쓰는 사람이 고소득자보다 여유롭기도 하다. 하지만 소득에 따라 누리는 것이 질적으로 다를 테니 일단은 많이 버는 것이 제일 좋고, 그게 힘들다면 꼭 필요한 것에만 돈을 쓰는 자제력을 기르는 편이 나을지도.

어떤 신문 칼럼에서 시간적 여유를 갖기 위해 일은 생활비를 마련할 수 있는 수준에서만 벌고 자신의 시간을 누린다는 이야기를 읽었는데, 그런 도시 전설 같은 선택을 할 수 있는 사람은 흔치 않을 거라는 생각이 먼저 들었다. 유명하지 않은 평범한 사람들의 이야기에서 프리랜서는 일 하나를 거절할 때 다음의 일마저 사라질까 두려워해야 하고 직장인이라면 애초에 시간을 연봉으로 바꾼 사람들이라 선택의 여지가 없을 때가 많다. 돈을 버는 일은 그렇게 고단하고 일상의 대부분 시간을 피붓는 일이지만 쓰는 것은 순식간이다.

지금처럼 가성비의 시대가 열리기 전에 사치스러운 세상이 있었다. 돈을 버는 사람들이라면 유럽산 명품 하나쯤 장만하기 위해 혈안이 되어 있었고, 지하철만 타도 온갖 명품백들의 향연을 볼 수 있었다. 나도 그들 중 하나였다. 월세를 살아도 명품백은 사야 한다는 비이성적인 이야기가 공감을 샀던 시절이다. 조금 미친 듯하지만 그랬다. 내 인생에서 그때처럼 많은 물건을 할부로 샀던 때도 없던 것 같다.

서민이면서도 명품을 걸쳤던 이면에는 스타일은 두 번째고, 초라하게 보이는 것이 싫었던 내가 있었다. 화려한 친구들 사이에서 같은 그룹이라고 인정받고 싶었던 것 같은데, 그 시절에 신상품 정보에 열을 올렸던 친구들은 이미 결혼해서 연락이 끊긴 지 오래다. 그런 찰나의 관계를 위해 참 많은 돈을 썼다. 내면이 단단하지 못해 겉을 화려하게 치장해 숨기려 했던 나였지만 이제 알고 있다. 자신감이라는 것은 믿는 구석에서 나온다는 것을. 그리고 잔액이 통통하게 살이 오른 통장만큼 믿을 만한 존재는 자본주의하에 없다는 것도.

세상은 변했다. 로고가 요란하게 박힌 명품백을 드는 것이 오히려 부끄럽게 여겨질 만큼 단순함이 지배하는 세상이다. 수십만 원짜리 옷을 사는 건 낭비처럼 생각된다. 저기 저렇게 패스트 패션 브랜드의 옷들이 잘 나오는데 말이다. 지금은 고가의 무언가보다 저렴이들을 사지 않도록 조심해야 한다. 할부를 고려할 필요도 없는 싼 물건이 '탕진잼'과 같이 별난 말들로 소비를 부추기고 있는데, 단언컨대 쓰레기를 돈 주고 사서 돈을 주고 산 쓰레기봉투에 넣어 버리는 일이다.

빈 쭉정이면서 생활에 꼭 필요해서가 아닌 과시하기 위해 비싼 물건을 사는 것, 재미로 쓰고 버릴 물건을 사는 것도 무척 돈이 아깝다. 내가 그 돈을 벌기 위해 얼마나 고생했는지가 떠오르면

십 원짜리 하나 허투루 쓰는 게 싫다. 그래서 가까운 친구가 사랑하는 '마통'도 신용카드 리볼빙 서비스도 내 생활에는 없는 단어라 여기며 산다.

사소한 것에 신경 쓰지 않을 자유

15년 동안 하나의 블로그를 운영하고 있다. 주제는 여러 번 바뀌긴 했지만, 최근에는 생활에 도움이 되는 정보들과 미니멀라이프를 주제로 포스팅을 계속(아니 가끔) 하고 있다. 예전에 살고 있는 빌라의 우체통에 우리 집만 빼고 빼곡하게 꽂혀 있는 고지서를 보고 우리 집만 우편물이 없다는 것을 내세워 이메일 청구서와 자동이체를 독려하는 포스팅을 작성했었다. 어떤 분이 종이 고지서가 편리한 사람도 있으니 이메일 청구서가 더 우월한 것처럼 굴지 말라고 일침을 놓는 댓글을 남겼었다. 그렇다. 이메일은 여전히 일상에서 쓰기 어려운 기술임이 분명하다.

비난하는 말에 당연히 기분은 상했지만, 한편으로 내게 편안한 것이 누군가에게는 불편할 수 있겠다는 생각도 들었다. 아날로그나 디지털, 저마다의 장단점은 있겠지만 공과금과 통신요금, 세금 등을 항상 이메일 청구서를 받아 보고 자동이체로 요금을 내는 나로서는 아무래도 디지털과 자동화 시스템 쪽이 입도직으로 좋다고 생각한다. 적은 금액이지만 요금 할인을 해주고 따로 종이로 된 영수증을 보관할 필요가 없다는 장점, 내가 다른 것에 정신이 팔렸어도 자동화 시스템은 성실히 일할 테니 연체 걱정이나 납부일을 챙기지 않아도 된다. 도무지 단점을 찾을 수 없다. 댓글을 달 수 있는 컴퓨터 활용 능력이라면 귀찮아하지 말고 무조건 이메일 청구서다. 심지어 종이 절약과 배달에 사용되는 연료의 탄소 배출량이 줄어들고 폐기비용도 없으므로 환경 보호는 덤으로 따라온다.

매번 반복되는 것이지만 이상할 만큼 쉽게 기억나지 않는 것들이 있다. 소중한 사람들의 기념일 같은 것. 비상한 기억력으로 잊지 않고 챙기는 일은 아주 큰 관심과 애정을 바탕으로 한다. 올해의 달력에 기념일들을 새겨 넣는 사람과 그렇지 않은 사람이 있다면 나는 후자 쪽에 있는 사람이다. 정말 가까운 관계가 아니라면 꼼꼼하게 챙기지는 않는다. 그런데 내가 살면서 알게 된 인연들의 의미 있는 날에 애정을 담아 건네는 말 한마디가 오히려 나를 더 따뜻하게 하는 일이었다. 탁상형 달력은 아닌, 휴대폰의 디지털 달력에 기념일을 저장하고 반복 기능 중 "매년"을 옵션으로 설정하면 해가 지나도 달력에 늘 고정으로 기념일이 새겨져 있게 된다. 이쯤 누군가의 생일이라는 아리송한 기분에서 벗어나 매년 생일 축하한다는 말 한마디라도 건넬 수 있는 것이다. 자동화 시스템의 좋은 점은 기념일 챙기는 것에도 있다.

가끔은 전혀 중요해 보이지 않는 일이지만 챙겨놓으면 먼 미래의 자신이 흐뭇해할 일도 있다. 지금 사는 동네에서 한 시간 이상 떨어진 곳으로 이사를 하게 되었을 때 동네 치과에서 치료기록을 미리 발급받아 가면 다음 병원에서 이어 치료하기 수월하다. 당장 치료할 계획이 없다 해도 진료 히스토리를 알면 훨씬 도움이 된다. 그런 정도의 꼼꼼함이 갑자기 차트가 필요해져 산 넘고 물 넘어서 옛날 동네로 가는 시간 낭비와 돈 낭비를 막아준다. 차트 또한 스캔 후 디지털 파일로 저장해두면 언제든지 프린트해서 사용할 수 있는데, 종이처럼 분실하거나 훼손될 일이 없어서 편리하다.

디지털 기술을 잘 사용하면 훨씬 더 홀가분한 생활이 가능하고 결과적으로 시간과 돈을 아낄 수 있다. 늘 일어나는 일이라 무심코 지나치기 쉬운 사소하지만 중요한 것들은 보조기억장치에 맡겨둔다. 번거로운 일은 자동화시키고, 덕분에 아낀 시간은 삶의 여러 감각을 일깨우는 새로운 일에 사용한다.

더 벌 수 없다면 덜 쓴다

1. 돈을 버는 일을 멈추지 않는다

커리어 경로를 변경하는 일은 엄청난 비용이 든다. 새로운 기술을 익히는 훈련비는 물론 돈을 벌지 않는 기간에 사용하는 돈과 그 기간에 벌 수 있었던 돈도 없다. 그리고 경력 0에서 새로 시작하는 일은 보수가 적을 수밖에 없어 한동안 계속 불안한 생활을 이어가야 한다. 생활비 걱정이 없다면 당연히 모험을 떠나도 상관이 없지만, 경제적으로 불안한 상황에서는 돈을 벌면서 다음을 준비하는 것이 최선이다. 노동을 통해 얻는 수입이 전부인 사람이라면 결코 일을 멈춰서는 안 된다. 수입이 끊기는 순간 가난이 찾아오고 빈곤은 절망의 다른 이름이 될 수 있다.

2. 주거래 은행이 필요해

모든 재테크 책에서 나오는 조언처럼 단골 은행은 꼭 필요하다. 보통 소득이 입금되는 은행이나 주택담보대출을 받은 은행을 주거래 은행으로 삼는데, 주거래 은행의 가장 큰 목적은 수수료 면제와 대출 금리 인하, 예금 금리 추가와 같은 혜택 때문일 것이다. 나 또한 주택담보대출을 받은 특정 은행 하나에 모든 계좌와 자동이체를 통합시켜 관리하고 있다. 생활비를 쓰는 체크카드 외에 신용카드 하나를 만들어 사용하며, 적금과 예금도 모두 같은 은행에 들고 있다. 가장 큰 장점은 한눈에 모아서 자산 현황을 볼 수 있다는 점. 은행 앱에 접속하면 내가 가진 전 재산이 한눈에 보이고, 그때마다 도토리 모으는 다람쥐 심정이 된다.

3. 정리 정돈을 잘하면 돈이 모인다

휴면계좌는 내버려두지 않고 번거로워도 수시로 해지하러 다녔다. 통장이 혹시나 도움이 될 수 있다는 생각보다는 쓰지 않는 계좌를 내버려두는 것이 정리가 안 된 느낌이 들어서다. 계좌를 해지하고 몇십 원에서 몇천 원을 받기도 했지만 비교적 크게 받은 돈은 내 이름으로 가입되었다 해약된 보험금을 찾으면서 손에 쥐었다. 내가 알지도 못했던 보험 해약금을 숨겨진 보험금 찾기 사이트에서 발견한 날 당장 해당 보험사를 찾아가 청구했다. 돈은 없는 것이 아니라 흩어져 있는 것뿐이다. 돈을 잘 정리해서 쓰는 것이 돈을 대하는 가장 좋은 태도 같다.

4. 카드를 쓰지 않은 날

절약하기 위해서 의식적으로 그러는 것은 아니지만, 일주일 동안 카드를 한 번도 쓰지 않은 날이 3일은 넘는다. 일단 회사에 도시락을 가져가고 아침과 저녁 모두 집에서 먹기 때문에 일주일 치 장보기 비용을 제외하고는 특별히 집 밖에서 음식을 사는 데 돈을 쓸 일이 드물다. 생필품도 정해진 날에 사기 때문에 카드를 쓰지 않는 날, 돈을 전혀 쓰지 않는 날이 자주 있다. 나는 생활 습관 자체가 매일 돈 드는 일이 없지만, 매일 돈을 쓰는 소비 패턴을 가진 사람이라면 특정 요일이나 날짜를 정해 카드를 쓰지 않는 것도 소비 습관을 고치는 방법이 될 것 같다.

5. 지하철 정기권 애용자

지방 출신인 내가 서울에 살면서 가장 오래 이용한 서비스가 있다면 지하철 정기권일 것이다. 한 달에 55,000원(물가 상승률에 따라 매년 오르는 추세)이면 서울 시내 어떤 지하철 노선을 타더라도 60번까지 횟수 단위로 차감하여 추가 비용 없이 월 단위로 이용할 수 있다. 환승 지원이 되지 않으므로 버스를 탈 필요 없는 역세권에 사는 사람에게 좋다. 정기권 덕분에 매월 교통비는 동일하게 사용하고 있다.

6. 커피 안 마셔요

이쯤 되면 내가 보편적인 기호를 가진 사람이 아니라는 것을 눈치챘을 것이다. 술·담배는 물론 커피 또한 마시지 않는다. 중독된 것이 없으므로 기호품 소비가 없다. 최근에 정제된 당을 먹지 않기로 정해서 유행하는 디저트도 사지 않는다. 먹는 것에 있어서만큼은 온갖 중독으로부터 자유로운 편이라 매일 돈을 쓸 일도 적다. 중독된 무언가가 있으면 치료법을 찾아보는 것이 돈을 아끼고 건강도 챙기는 지름길 같다. 중독성을 보이는 먹거리 중에 몸에 좋은 것은 단 하나도 없으니까.

7. 멤버십 혜택에서 자유롭다

늘 이용하는 곳이라면 멤버십 등급이 올라갈 때마다 더 큰 혜택을 받게 되는데 실상 그런 혜택이 늘어날수록 써야 하는 금액은 많아진다. 생각했던 것보다 더 많이 쓰게 하는 것이 바로 멤버십 혜택이다. 쿠폰이 없었다면 애초에 사지 않았을 물건을 사거나 할인 쿠폰 금액까지 맞추어서 장을 보는 일이다. 나 또한 그런 혜택에 흔들리곤 했지만, 꼭 지금 당장 사지 않아도 다음에 비슷한 혜택은 계속 생겨난다는 것을 깨달은 뒤로 쿠폰과 관계없이 정말 내가 필요한 것만 산다.

8. 예금과 보험이라는 창과 방패

나는 돈을 불리는 재테크와 거리가 먼 사람이다. 돈을 합리적으로 쓰려 노력하는 타입이지만 투자로 몇 배에 달하는 이익을 발생시키는 것은 간이 작아서 할 수 없다. 원금 손실에 대한 걱정 때문. 주식으로 돈을 벌었다는 친구들을 보면 대단하다고 생각하지만 나는 물가 상승률 정도의 이자만 받을 수 있다면 만족하고 있다. 보험은 보험일 뿐 적금이 아니라고 생각한다. 그래서 갈아타지 않고 이십대 초반에 들었던 보험을 여전히 유지하고 있다. 오래 보험료를 냈던 덕분에 별다른 조사 없이 아팠던 시기에 요긴하게 활용했다. 예금으로 종잣돈을 모으고, 보험으로 위험에 대비한다.

9. 통신비 줄이기

통신비는 스마트폰으로 가입할 수 있는 가장 저렴한 상품을 쓰고 있다. 알뜰폰을 사용하지는 않는데, 오래 가입한 통신사에서 받는 혜택이 나쁘지 않은 데다 갈아타서 얻을 수 있는 혜택이 엄청나게 크지도 않아서다. 지금은 통화료보다 데이터망 사용료가 통신비를 결정하고 있다. 가장 저렴한 상품도 사용에 불편하지 않은 이유는 내가 주로 와이파이 환경에서 지내고 있다는 점이다. 집도 사무실도 와이파이존이고 지하철에서는 책을 주로 읽기 때문에 데이터가 많이 필요하지 않다. 그래서 최소의 데이터 요금제를 써도 생활이 불편하지 않은 데다 데이터가 모자라면 데이터 상품권을 인터넷에서 저렴하게 사 충전해 사용하면 1년 동안 혹시나 부족한 데이터를 보충할 수도 있다. 가장 중요한 것은 단말기를 할부로 사지 않는 것인데 할부 이자와 몇 개월 동안 반드시 사용해야 하는 비싼 요금제를 피하는 지름길이다. 역시 무엇이든 할부는 득 될 것이 없다.

10. 명의 관리와 신용 등급

자신의 명의가 도용되어 사기를 당하면 얼마나 골치 아플 것인가. 명의도용을 확인할 수 있는 사이트인 '엠세이퍼(www.msafer.or.kr)'에서는 휴대전화 개통 사기 등을 방지할 수 있도록 가입 제한을 걸어둘 수 있고 문자 등으로 안내받을 수 있다. 신용 등급을 확인할 수 있는 서비스는 여러 가지가 있는데, 마음에 드는 서비스를 가입하되 실상 내 신용 등급을 확인하는 일보다 신용 등급이 떨어지지 않게 지키는 일이 대출 금리 혜택을 잘받을 수 있는 길이다. 신용카드를 무분별하게 만들지 않고, 제2금융권에서 대출을 받지 않는 등 신용등급이 떨어지지 않도록 관리한다.

7

'워라밸'이라는 유니콘

어쩌면 존재할지도 모르는 퇴근 후 생활

업무 스위치를 켜면서

몸이 생각보다 허약해서 돈을 벌기 위한 시간을 조금만 쓰고 삶의 여유를 택하고 싶었다. 기존과 다른 일로 전업하면서 연봉을 낮추고 들어갔건만 회사가 밥 먹듯이 철야를 시켰다. 한 사람에게 두 가지 역할을 시켰기 때문인데, 나의 빌어먹게 성실한 면은 이때에도 발현되어 대안이 생길 때까지 이를 악물고 일했다. 취업 사기처럼 느껴지던 회사에 다니는 동안 이직을 준비할 시간조차 없이 바쁘고 지쳤다. 내 삶에는 일밖에 없었고, 새벽에 회사에서 나도 모르게 잠들어 있다 깨면 나를 착취하던 상사가 두 눈을 부릅뜨고 일하는 모습을 목격하곤 했다. 우리 모두 일의 구렁텅이에 빠져 있었다.

도리스 되리 감독의 영화 〈파니핑크〉의 주인공 파니는 '서른 살 이후에 남자를 만날 확률은 핵폭탄에 맞아 죽을 확률보다 낮다'라고 말하며 스물아홉의 나이에 열심히 사랑을 찾아 헤맨다. 영화는 단순한 사랑 찾기가 아닌 소외된 여성의 깊은 내면을 다루지만, 나와 맞는 무언가를 찾는 일이 불가능에 가까운 일이라는 대사 한마디가 내 마음속에는 더 강렬하게 남아 있다. 예컨대 내가 은퇴할 때까지 즐겁게 일할 수 있는 회사를 만나는 것이 인생의 동반자를 찾는 일만큼 어려운 일인 것처럼.

10년 넘게 회사원으로 살면서 각기 다른 조직 문화를 가진 6곳의 회사에서 일했다. 그 일천한 경험을 바탕으로 내게 맞는 조직의 기준이 생겼다. 직원 한 명에게 2인분의 일을 맡기지 않는 회사, 갑자기 일을 던져주고 당장 해내라는 클라이언트나 상사가 없을 것, 생산성 없이 길기만 한 마라톤 회의를 하지 않는 곳, 저녁 회식 대신 점심 회식을 하며 술을 강권하지 않는 분위기일 것. 이 모든 것이 지켜지는 곳이라면 요즘 직장인들의 화두인 퇴근 후의 생활이 가능하다. 모두가 하나의 목표를 향해 재미있게 일한 후, 제시간에 퇴근하여 집에서 재충전의 시간을 갖고 다음 날 최상의 컨디션으로 또다시 창의적으로 일하는 선순환을 '워라밸(워크 라이프 밸런스, work-life balance)'이라 믿는다.

하지만 가끔 자신의 의욕 과잉이 워라밸을 무너뜨릴 때가 있다. 성과를 내야 한다는 두려움과 인정에 대한 갈망 때문이다. 기자 생활보다 더 오래 홍보 담당자로 일했다. 이십대 후반에 여러 클라이언트의 프로젝트를 동시에 해내면서 좋은 사례를 만들고 싶다는 욕심이 넘쳤다. 새벽까지 문서 작업에 매달리고, 나보다 더 일 숭녹사인 파트너가 새벽에 보낸 피드백 메일에 갸?땅허며 나는 더 일에 몰두해야 한다고 생각했을 만큼 나는 일에 반쯤 미쳐 있었다.

냉정하게 결과만 두고 본다면 우물 안에서 맡은 바 열심히 일하는 개구리였다. 결코 요령을 피우지 못하는. 하지만 꽤 쌀쌀맞고 주변을 살필 여유가 없던 개구리. 욕심을 조금 버리고 불안을 잘 다스렸다면 나는 좀더 즐거운 마음으로 많은 일을 배웠을 것이다. 그 당시 상사가 나를 향해 손바닥으로 눈가 양쪽을 막더니 "너는 딱 이만큼만 보는 꿩이야, 꿩"이라고 말한 적이 있었다. 갑자기 꿩을 소환해 어리둥절했지만, 지금은 그 의미를 알 것 같다. 당장 내게 주어진 몫의 일에만 매달려서 넓게 또 멀리 보려 하지 않는다는 이야기. 그 좁은 세계에서 긴장하며 스트레스를 받았던 나도 우물 밖으로 튀어나와 여러 세상을 만나야 더 좋은 아이디어를 내고 같은 사건을 기존과는 다른 시각으로 해석할 수 있다는 것을 깨달았다. 그러자면 일 자체를 오래 붙들고 있다고 성과가 나는 것이 아님을 자신에게 이해시켜야 했다.

직장인의 온·오프 스위치를 매일같이 확실히 켜고 끄는 일이 직장인으로서 요즘 나의 마인드 컨트롤 방법이다. 집에까지 일 걱정을 들고 돌아오지 않는 것, 방석 상태로 퇴근 후의 시간을 보낸다. 일에 개인의 감정을 섞는 것을 멈추려고 노력했다. 지난 직장에서 만난 친구 한 명은 자신이 점점 AI(인공지능)가 되어간 다고 했다. 감정이 없이 사무실에서 일만 하는 그런 기계 같다고. 우리가 AI가 되기 전에 우리는 일과 자신을 동일하게 두고 바라보았다. 일에 대한 평가를 받을 때 나 자신 전체를 평가당하는 그런 기분을 곧잘 느끼곤 했을 만큼.

일과 나는 다르다. 일은 내가 해낼 수 있는 능력 중 하나고, 가끔 성취감과 이 세상에 내가 보탬이 되는 존재라는 생각을 가져다준다. 하지만 지금 하는 일 자체를 나라고 말할 수 없다. 나는 일로 생계를 해결하고 회사에 다니면서 소속감과 명함 하나를 얻었지만, 그 모든 것이 사라진다 해도 여전히 존재한다.

보후밀 흐라발의 소설 『너무 시끄러운 고독』의 주인공 '한타'는 책을 압축하는 일을 하면서 뜻하지 않게 많은 교양을 습득하는데, 그 일을 견디려면 매일 수 리터의 맥주를 마셔야 할 정도로 고되지만, 35년간 해온 그 일을 퇴직하게 된다 해도 압축기를 사 죽는 그 순간까지도 그 일을 하기를 꿈꾼다고 말한다. 한타에게 책 압축이라는 행위보다는 여러 책을 만나고, 그것을 소멸시키는 것이 진정한 일일 것이다. 압축이라는 일 자체는 힘들지만, 책의 끝을 함께한다는 그 일의 의미는 살아갈 이유가 되어준다.

멀티플레이어로 살기

회사에 출근해 브랜딩 관련 다음 분기 기획안을 쓴다. 몇 주 뒤에 한 도서관에서 홍보에 대한 직업 강연을 맡아서 이번 주말에는 그 자료를 준비해야 한다. 패션 문화사, 미니멀라이프, SNS로 퍼스널 브랜딩하기까지 다양한 주제로 백화점 문화센터, 도서관 그리고 대학교에서 특강을 어쩌다 한 번씩 하고 있다. 외부에서 청탁 받은 원고는 짜투리 시간을 내어 틈틈이 작성하기도 하고. 회사 일을 제외하곤 모두 비정기적인 일이라 시간 관리만 잘 하면 무리 없이 해낼 수 있다.

무라카미 하루키는 소설가로 성공한 뒤에도 '피터캣'이라는 재즈바를 계속 운영했다. 일상성을 잃지 않고, 소설가라고 으스대지 않기 위해서라고. 회사원으로 살면서 일시적인 직장이 아닌 평생 할 수 있는 직업이 있는 사람이 되어야겠다는 목표를 가졌다. 그런 나에게 하루키의 이야기는 엉뚱한 방향으로 내게 영감을 줬다. 직업이 여러 개라면 불안하지 않을 것이라고. 다음 소설이 성공하지 않더라도 하루키에겐 재즈바가 남아 있을 테니 안정감을 느끼며 소설도 잘 쓸 수 있고, 재즈바가 망해도 소설가라는 직업이 그를 구원해줄 것으로 생각했다.

인생에 비상구가 없다고 느낄 때, 지금 가진 게 전부라고 생각할 때 우리는 맹목적으로 되는 것 같다. 나는 그 절박함이 사람을 지치게 한다고 생각한다. 그래서 잘할 수 있는 일을 계속해나가면서 새로운 일에 조금씩 도전하는 방법으로 각각의 일에 조금씩 거리를 두는 법을 배웠고, 마음의 여유가 생겼다. 내게 언제든지 새로운 문이 열릴 것이라는 가능성을 믿으며. 그리고 머릿속의 생각이 아닌 실제로 그런 경험을 하면 확고한 자신감이 생긴다.

내게 유일하게 겁이 없는 영역이 있다면 새로운 제안이나 기회를 덥석 물고 일을 어떻게든 해내고야 말겠다는 추진력에 있을 것이다. 지금 가지고 있는 능력으로 시작이라도 할 수 있다면, 준비가 완벽하게 되어 있지 않아도 상관없다. 부딪혀보았는데 깨지고 실패한다면 배울 수 있고, 행동을 수정할 수 있다. 미지의 분야에 겁을 먹고 이러쿵저러쿵 상상만 하면서 결국 안 될 거라 결론 내리고 시도조차 안 해보는 일보다는 훨씬 낫다.

여러 업무를 동시에 추진할 때 가장 중요한 것은 '시간 관리'. 그 틈새에 시간은 두 가지 개념으로 소개된다. 누구에게나 동일하게 주어진 시간의 양인 '크로노스'와 개인적으로 의미 있는 시간을 의미하는 '카이로스'인데, 유독 즐거운 순간이 훌쩍 지나가버리는 기분은 카이로스의 시간으로 계산되었기 때문이라고 한다. 일에 있어 시간은 정해진 일정한 양, 크로노스로 계산된다.

시간 관리를 위해 사용하는 가장 고전적인 도구는 프랭클린 플래너이지만, 어떤 시간 관리 권위자가 제시하는 틀 안에 나를 맞추는 것보다 좀더 많은 자율성이 필요했다. 요즘은 '구글 킵Google Keep(메모 및 목록을 만들 수 있는 구글의 서비스)' 서비스를 만족스럽게 이용하고 있다. 구글 킵은 체크박스 기능이 있어 마친 일에 줄 긋는 보람이 있고, 아이디어도 재빠르게 작성하고 태그를 걸어두면 한번에 모아서 볼 수 있어 효율적이다. 메모 내에 사진을 넣을 수 있고 그림도 그릴 수 있다. 그리고 모든 애플 기기들에서 아이클라우드iCloud로 연동되어 동기화되는 메모장 Notes은 직장인 아닌 직업인으로서의 내가 틈틈이 생각나는 문장이나 아이디어, 개인적인 용무를 적어두는 용도로 쓴다.

퇴근하기 전에 킵을 열고 다음 날 할 일을 마감 기한과 중요도에 따라 우선순위를 설정하고, 예상 소요 시간과 함께 체크 리스트를 만드는 것이 업무 루틴이다. 리스트를 모두 삭성하면 직장인의 스위치가 오프 모드로 돌아간다. 이때야말로 내일의 일은 내가 한다는 마음으로 편하게 집으로 돌아갈 수 있다. 다음 날 출근해 스위치 온 상태로 전날 적어둔 순서대로 일을 처리하면 시간이 꼬일 일이 거의 없다. 다만 갑작스러운 업무 지시를 받으면 상사에게 마감 기한을 확인하고 새로운 메모를 만들어 업무를 적고 핀(상단에 고정해 잘 보이게 하는 기능)을 걸어두는데, 중요한 일이 모두 끝난 다음 시간 안배를 다시 한다. 킵의 가장 상단에 있는 메모들은 1개월, 3~6개월 단위로 해야 할 일을 적어둔다. 보고용으로 문서로 만들어진 프로젝트 로드맵보다 나의 언어로 적혀 있는 메모들이 친숙해 잘 읽히기 때문이다. 이런 메모들이 전체적인 업무 흐름을 놓치지 않게 도와준다.

시간 관리는 혼자 하는 게 전부가 아니다. 우리 팀이 함께한다. 나와 함께 일하는 사람들의 시간을 모두 고려해서 일정을 잡는 매니저의 역할이 커진 요즘, 나 그리고 각자가 좋은 퀄리티의 결과물을 마감에 맞춰 진행해주면 모두의 빠른 퇴근과 좋은 성과로 이어짐을 다시금 느끼고 있다. 하지만 시간을 조금 주면서 뛰어난 무언가를 요구하는 상황에선 '이건 좀 심하잖아!'를 동시에 느낀달까.

고등어처럼 일하고 로그아웃하고 싶다

나의 성미 중 가장 싫어하는 부분을 꼽으라면 첫째는 급한 성격이고, 둘째는 극단적인 상상을 할 때다. 보통 어떤 성향을 단점으로 꼽는 이유는 자신에게 아무런 이점도 주지 않기 때문인데, 무엇이든 양면이 있는 법이라 평소 싫어했던 부분이 업무에선 플러스가 될 때도 있다.

특히 급한 성격은 기획과 커뮤니케이션을 업으로 삼고 있는 나에게 미루는 법을 모르는 사람처럼 신속한 일 처리를 하게 만든다. 업무 관련 이메일을 받으면 바로 확인하고 머릿속으로 중요도 순으로 대응 순서를 착착 분류한 다음 급한 건은 의사결정하는 사람에게 신속하게 보고한다. 하지만 여기에서 상사가 묵묵부답이어서 일이 마무리되지 않으면 답답해서 딱 죽을 것 같은 마음이 참 힘들다. 갓 잡힌 고등어처럼 자기 성질에 못 이겨 숨넘어갈 것 같다고나 할까.

이메일이나 사내 메신저로 업무 요청이 들어오면 당장 해결할 수 없는 문제라도 언제까지 답변 주겠다고 상대에게 즉시 응답하고, 이메일의 태그 기능을 활용해 메일을 분류하고 불필요한 광고 메일은 즉시 삭제한다. 그러면 쾌적한 메일 환경을 유지할 수 있다. 메일이나 컴퓨터의 불필요한 파일, 그리고 휴지통도 자주 비워서 컴퓨터의 속도가 느려지는 일이 없도록 관리한다. 컴퓨터가 느려지거나 바이러스에 걸리는 일은 목수의 연장이 녹스는 일과 다름없다. 컴퓨터는 나의 가장 밀접한 업무 파트너라서 관리에 만전을 기한다. 그러면 결코 일이 느려지지 않는 법이다.

일할 때 자신과 약속한 몇 가지 규칙 중 업무 파트너를 기다리게 하지 말자는 것이 있다. 혼자서 하는 일은 어디에도 없다. 회사는 당연히 팀 단위로 움직이고, 프리랜서도 의뢰인과 최종 고객을 생각하며 일할 수밖에 없다. 그래서 랜선 밖에 사람이 있다는 생각을 항시 한다. 내 시간이 소중한 만큼 다른 사람도 마찬가지라고. 업무 파트너에 대한 배려는 시간 관리 외에도 연락에 응답하지 않는 것, 일의 과정을 공유하지 않는 것, 일이 어그러졌을 때 해결책이나 요구사항을 제시하는 게 아니라 감정적으로 구는 것. 최소한 그런 일은 하지 말자고 매일 되뇐다.

이 고등어는 '일단 해볼까요?' 하는 마음으로 깊은 고민 없이 불쑥 밑그림을 그리는 일도 참 잘한다. 구체적인 지시가 없어도 수많은 사례를 수집하고 적합하다고 생각하는 아이디어를 나름의 논리를 내세워 기획서를 쓴다. 일단 해보면서 방향을 수정하거나 예상되는 위험 등을 정리한다. 그렇다. 이쯤 되면 훌륭한 고등어다. 급한 성격이 추진력이 되어주는 것이다.

단점이라 겸손히 말하면서 장점만을 교묘히 이야기했지만, 급한 성격 탓에 잃는 것도 정말 많다. 일단 남들도 내 속도로 일할 것이라 착각한다는 점이다. '아직도 답변이 없잖아!' 하며 마음속으로 닦달하고 메시지를 확인했음에도 불구하고 답변이 없으면 극단적인 상상을 하며 여러 가지 가설을 세워 속을 까맣게 태운다는 점이다. 느긋해지는 연습이 업무에서만큼은 더디게 익숙해진다. '그러거나 말거나'라는 방관자의 태도는 여전히 쉽지 않다.

미루지 않는 빠른 일 처리와 일정 관리는 야근을 연례행사처럼 만들어주지만 업무 시간 중에 여유 없이 두 배의 속도로 일하므로 방전되는 속도도 비례한다. 그래서 생긴 부작용은 퇴근과 동시에 시작되는 묵언 수행이다. 지친 나는 아무 말도 하고 싶지 않다. 일하며 충분히 많은 언어로 자신을 괴롭혔다. 일에서 생긴 불만을 수다로 푸는 사람이 많지만, 퇴근 후의 나는 업무에 대해 곱씹고 싶은 마음이 전혀 없다. 그러니 제발 스위치 오프 모드일 때는 매우 긴급한 건이 아니라면 일과 관련된 사람들의 연락을 받고 싶지 않다.

몇몇 상사와 업무 파트너들은 정해진 업무 시간에 확인해도 무리 없는 일 때문에 휴일에도 퇴근한 후에도 모바일 메신저로 연락하곤 한다. 그 짧은 대화가 휴일에 업무 모드인 그들에게는 아무렇지도 않은 일이겠지만, 연락을 당한 사람에게는 업무를 잊고 충전 중이던 마음을 다시 업무 모드로 바꿔놓는다는 점에서 꽤 끔찍하다. 내가 24시간 근로하기로 계약했던가? 퇴근한 직원에게 이메일을 포함한 전화, 메신저 등으로 연락하는 것을 금지하는 법인 '퇴근 후 업무 연락 금지법'이 시행되고 있다는 프랑스처럼 진정한 워라밸을 위해서는 연결되지 않을 권리를 누리고 싶다. 워라밸 취지에 맞춰 주 52시간 단축 근무제를 한다면, 그다음에 반드시 시행되어야 할 제도는 업무 시간 외 연락 금지 법안이다.

— 고등어 님이 로그아웃했습니다.

죄송하지만, 비행기 모드입니다

얼마 전 출장에서 돌아오는 비행기 안에서 기내 잡지를 펼쳐보았다. 레이먼드 카버라는 소설가를 특집으로 다루고 있었는데, 그는 미니멀리즘의 작가라는 평가를 받는다고 한다. 말하고 싶은 것을 정확히 말하고 그 외에는 아무것도 말하지 않는 것을 원칙으로 삼았다는 말이 인상 깊었다. 이 작가의 원칙을 본받아 우리네 회사생활에 금석으로 삼아야 할 것 같다.

회사뿐 아니라 사적인 관계에서도 말은 독이 되어 상대방을 쉽게 공격한다. 툭툭 내뱉은 배려 없는 말도 못됐지만, 내가 원하지 않았던 충고를 듣는 일이나 다른 사람이 나에게 갖는 호불호를 누군가로부터 전해 듣는 것도 썩 유쾌하지 않다. 제삼자가 끼어들면 어떤 식으로든 오해할 수밖에 없게 된다.

과거를 돌이켜 보고 곱씹는 일은 정신 건강에 득 될 때가 극히 적긴 하지만, 과거의 실수로부터 확실히 배우는 것은 있다. 나도 누군가에게 어떤 사람의 이야기를 전해본 적이 있다. "그 선배가 너를 싫어한다고 여러 번 나에게 이야기했어. 그래서 그런 행동을 하는 거야"라고. 나는 당하지 말라는 투로 선의에서 한 말이었지만, 상대방의 상처 어린 눈빛을 본 다음에 내가 세상에서 가장 몹쓸 짓을 한 사람처럼 생각되었다. 어디까지나 둘의 문제였는데, 나는 결국 이간질을 한 셈이다. 그때의 기억이 사진처럼 선명해서 그 뒤로 어떤 말도 옮기지 않는 사람이 되었다.

과거의 나처럼 아무렇지도 않게 사람들의 말을 전하는 사람은 주변에 흔하다. 뒷담화라 불리는 것인데, 누군가를 뒷담화하는 사람은 자신 또한 어디선가 뒷담화를 당하고 있을 거라 생각하면 결코 어떤 인격체를 안줏거리 삼아 씹어대는 일은 하지 못할 것이다. 하지만 우린 누군가를 말로 아무렇지도 않게 인격 살인하면서 자신은 아무런 문제가 없다고 생각한다.

회의 시간이나 중요한 미팅이 생기면 휴대전화의 비행기 모드를 켜곤 한다. 불필요한 진동이나 전화로 회의의 흐름을 끊거나 비즈니스 미팅 자리에서 결례를 일으키고 싶지 않아서다. 비행기 모드는 휴대전화를 완전히 종료시킨 상태는 아녀서 세상과 연결되는 것 외엔 무슨 기능이든 쓸 수 있다. 그 비행기 모드를 직장생활에 빗대자면 뒷담화하는 사람을 만났을 때 켜곤 한다. 옹호도 지나친 맞장구도 치지 않고 들어만 주는 사람으로서 켜는 비행기 모드.

직장에서 평온한 사람으로 지내기 위해 어느 날부터 입이 무거운 사람, 누군가의 표현처럼 사람에게 별로 관심이 없는 사람이 되어버렸다. 그 어떤 말도 옮기지 않고, 비판하는 관점으로 듣고 상대의 경험이 그 사람의 전부라고 믿지 않는 것은 동료를 향한 예의다. 대신 내가 억울한 피해자가 되지 않겠다는 마음가짐으로 늘 날카롭게 벼른 칼처럼 촉각을 곤두세우고 있어야 한다는 생각은 변함없다.

우리 모두 뒷담화를 당하고 있다. 특히 사내의 뒷담화는 평판이 되고 결국 업무 평가로 연결된다. 단순히 입방아 찧는 일이 아니라는 점이 조심해야 하는 이유다. 최선의 방어는 화젯거리를 덜 던져주는 것에 있다. 지나친 사생활 노출(직장 동료가 자신의 과거부터 현재까지의 연애사, 정신적 고통, 가정불화 등을 알아야 할 필요가 있을까?), 특정 동료에 대한 뒷담화(모든 뒷담화는 결국 당사자의 귀에 들어간다)를 하지 않는 것이다.

나도 직장생활에서 얻은 고민을 누군가에게 털어놓고 싶을 때가 있다. 그 상대는 직장 동료와 같이 상황은 잘 이해하고 있지만, 이해관계가 얽혀 있는 사람보다는 가족처럼 믿을 만한 사람들이다. 물론 거의 하소연할 일은 없다. 잠을 못 잘 정도로 큰 괴로움이 아닌 이상 집에 돌아오면 회사 생각을 잊는 편이고, 고민이 생기면 생각을 정리해 당사자와 해결하려 한다.

사람이 모여 있는 곳에 애증이 싹트는 것은 유사 이래 모든 문학작품에서 다루는 소재. 우리는 어쩔 수 없이 그렇게 설계된 종이고, 가장 이상적인 상황은 서로 간 '퍼스널 스페이스Personal Space'를 지키며 살 때다. 문화 인류학자 에드워드 홀은 퍼스널 스페이스는 단순히 물리적 거리를 의미하는 것이 아닌 마음의 거리라고 말했다. 편안함을 느끼는 것은 그 사람이 누구냐에 따라 상대적이다. 직장 동료들은 같은 목적을 위해 만난 사람들이지 결코 가족이 아니다. 그러니 둘 사이의 거리는 아무리 친해도 결국 이해관계가 얽혀 있기 때문에 적어도 같은 조직에서 일한다면 적당히 거리를 두고 신중히 대할 필요가 있다.

'워라밸'이라는 유니콘

퇴사 버릇

이 시대의 커리어는 사다리가 아닌 '정글짐'이다.

"회사가 빠르게 성장하지 못하고, 회사의 주된 임무가 중요하지 않으면 정체가 시작되고 정치가 생긴다. 로켓에 자리가 생겼다면 그 자리를 묻지 말고 올라타라, 회사의 성장은 자신의 커리어 성장과 연결된다."

커리어에 대한 깊은 고민이 들 때면 페이스북 COO인 셰릴 샌드버그의 하버드 비즈니스 스쿨(HBS) 졸업생들을 위한 연설을 유튜브로 보곤 한다. 그 연설의 핵심은 이력이 아닌 직무능력을 쌓으라는 것. 다른 사람이 준 직함이 아닌 내가 무엇을 할 수 있을지를 생각하고 진짜 일을 하라는 것이다.

나는 여러 일을 꾸준히 해왔지만 한 직장에서 근속하진 않았다. 인생의 많은 부분에서 방황했듯이 커리어에서도 그랬다. 일한다는 것은 변함이 없었지만 무슨 일을 어디에서 하느냐는 자주 바뀌곤 했다. 사회에서 만나는 직장인에는 두 가지 타입이 있었다. 한 조직에서 오랫동안 일하며 사다리를 타고 위로 올라가는 유형과 나처럼 직무와 분야를 바꿔가며 여러 회사를 거치면서 위로 올라가기도 하고 내려가기도 하는, 어찌 되었든 일은 계속해나가는 정글짐 타입. 나만의 잣대이긴 하지만, 사다리타입은 안정을 추구하는 것처럼 보였다. SNS의 바이오(프로필)에도 소속을 명확히 밝혀놓는 사람들이 내뿜는 안정감은 나처럼 떠돌이 경력을 쌓는 사람에게는 때로 부러움으로 다가오기도 한다. 신뢰할 만한 회사에 오래 근속하고 있고, 자신도 그 회사와 직무를 사랑하며 회사의 성장과 함께 커나가는 사람들. 누구나 알 만한 유명한 기업에 다니는 대부분의 사람은 자의든 타의든 회사의 브랜드가 자신의 간판이 되곤 했다.

소수에게만 허락된 세계를 벗어나면 수없이 많은 유목민 직장인들이 있다. 그들은 회사의 문화 또는 동료들에게 실망한 기억이 있으며, 자기 일 자체에 미래가 없다고 생각하기도 한다. 더 나은 조건과 흥미로운 포지션을 찾아 눈을 빛내는 사람들. 그중에는 가끔 사다리를 타던 정착 생활자도 여러 이유로 그 자리에서 밀려나 유목민의 세계로 온다. 그런 모습을 볼 때면 그 누구에게도 평생 고용이 보장되는 안정적인 자리는 존재하지 않는 것 같다.

정글짐을 오르내리고 있는 유목민인 나는 늘 모험을 떠날 수 있도록 준비를 한다. 지금 일하고 있는 회사에서 언제라도 가볍게 이직할 수 있도록 사무실에 개인 짐은 책상 위에 컵 하나, 서랍 안에는 양치 세트가 전부. 일에 필요한 것이 아닌 가족이나 키우는 강아지 사진 또는 화분이나 캐릭터 피규어, 펼쳐 볼일 없는 장식용 책 등은 책상 위에 취급하지 않게 된 지 오래다. 10년 넘게 6곳의 회사에 다니며 차츰 터득한 일이다. 개인의 기호라곤 찾아보기 힘든 오피스 라이프는 삭막하지만 한눈팔 것이 없어서 일 그 자체에 집중이 잘 된다는 장점이 있다. 퇴사자 유형의 책상에서 일하는 나는 회사 자체에 집착하지 않고 일에 집착하는 사람이 된다. 자신의 업무 평가 기준은 내가 맡은 프로젝트를 얼마나 잘 해냈고 회사와 개인의 성장을 동시에 이루어 냈는가에 있다.

승진이나 더 높은 급여는 환영하나 삶을 송두리째 바칠 만큼 감사하지 않고, 동료들과 잘 지내는 것과 회사의 목표와 방향성에 맞춰 일하는 것은 기본이나 회사만 믿고 있는 사람이 되고 싶지 않다. 그러자면 필요한 것이 내가 잘하는 일로 언제 어디에서나 승부를 볼 수 있다는 자신감과 용기를 갖는 것이다. 직장인이 아닌 직업인. 변하지 않는 방향이다.

또 다른 준비로 1년에 한 번씩 이력서 업데이트하기가 있다. 분기별로 업데이트하는 경우가 흔하지만, 한번 입사하면 최소 1년은 버텨야 한다는 것이 유목민 직장인 나의 결심이라서(경

'워라밸'이라는 유니콘

력과 퇴직금을 챙기겠다는 지독히 현실적인 계산이지만) 그렇다. 무엇보다 중요한 것은 늘 사람을 남겨야 한다는 것. 여러 회사를 거친 덕분에 다양한 분야의 직장 동료들을 사귀게 되었다. 그 사람들은 사회생활이란 커다란 배에 함께 탑승한 동료들로 퇴사했더라도 마음 맞는 사람들과 꾸준히 연락하며 안부를 묻고, 각자의 커리어 고민을 들어주거나 조언을 구하면 몇 마디 말을 보태주며 서로에게 커다란 힘이 되어준다. 각자의 커리어 패스Career Path가 나뉘어 일의 방향이 다른 만큼 생각도 제각각이지만, 나와 달라서 소중한 사람들이 늘어난다. 동료에서 동지가 되는 순간은 퇴사 이후다.

"마음에 드는 시나리오가 없으면 찾으러 나서야 한다. 집 안에 음식이 없다고 굶어 죽을 순 없으니까."
배우 스칼렛 요한슨의 인상 깊은 인터뷰의 한 구절처럼 일을 찾는 적극성도 유목민에게 필요한 소양이다. 매사 최선을 다해 일하고 변화를 민감하게 읽으며 햇살처럼 일하고 바람처럼 퇴사하길 여러 번, 이제는 어디를 가서도 주눅 들지 않고 계속 일할 수 있을 것 같다. 물론 언제나 사무실 책상 위에는 컵 하나가 전부일 테지만.

영어가 뭐라고

영어를 잘하면 선택할 수 있는 업무의 범위가 늘어난다. 더 좋은 조건으로 일할 수도 있고, 해외 취업도 가능하고. 다 좋은데, 형편상 유학을 가본 적도 없고 주변에 영어 쓰는 사람이 없는 나 같은 사람이 영어를 원어민처럼 습득한다는 것 자체가 매우 인간 승리의 영역이라는 것이다. 그래서 늘 영어 발음이 유창한 유학파 직장동료는 내게 부러움의 대상이었다. 그들은 내게 '한국어'를 잘하지 않냐며 격려해줬지만(응?).

지금은 영어로 업무 수행할 일이라곤 간단한 작문이나 어쩌다 이메일 정도지만, 실리콘밸리에 본사가 있는 회사의 서울 오피스에서 짧게 일한 적이 있다. 동시대의 가장 테키Techy한 일을 한다는 즐거움이 넘치는 경험이 돼야 했었는데, 그저 수시로 날아오는 장문의 영어 메일과 몇 마디 말할 일 없는 화상회의가 두려웠다.

그 시기에 배웠던 표현 중 '베스트 프랙티스Best Practices'라는 말이 있다. 플랫폼에서 성과를 낸 실행 사례를 선별하여 파트너들에게 정보를 제공할 때 쓰던 말인데, 내게는 다른 의미로 다가왔다. 'Practice'란 단어가 실행이란 뜻도 있지만 내겐 연습이란 의미로 더 친근하다. 그래서 '연습한 것 중에 최고로 잘된'이란 뜻도 될 것 같다.

모든 것은 결국 연습이다. 지겹게도 인용되는 말콤 글래드웰의 1만 시간의 법칙(한 분야의 전문가가 되기 위해서 1만 시간의 훈련이 필요하다는 주장)을 떠나서라도 계속 반복해 익히다 보면 무엇이든 내 것이 될 때가 많다. 20년 동안 영어를 의식하고 지냈더니 확실히 듣고 읽는 수준은 더 나아지고 있다. 하지만 말하기는 연습할 기회가 극히 적었기에 늘 어렵다. 단순히 연습의 문제만은 아니다. 나는 한국어로 프레젠테이션을 숱하게 진행했음에도 여전히 능수능란과는 거리가 멀다. 이건 말하는 것을 즐기지 않고, 말로 논리 싸움하는 것도 힘든 개인 성향의 문제다. 그렇게 말보다 글이 편한 사람은 오늘도 글로 언어를 깨우친다.

직장인으로서 지금 유일하게 하는 자기계발은 영어 지문을 읽고 해석하는 일이다. 퇴근길 지하철에서 실리콘밸리의 유명한 IT업계의 뉴스룸(블로그)에서 제공하는 보도자료를 훑어보는 경우가 많다. 영어 공부를 위해 영어 신문을 읽어봤던 사람이라면 공감하겠지만 영어 칼럼은 방대한 양이 거의 대학 에세이

수준이라 읽다 지친다. 반면에 기업의 보도자료는 단순하다. 맞춤법이나 문법은 기자 못지않게 공들여 체크했을 것이고, 어휘는 최신 트렌드를 반영했으니 유용하다.

영어는 여전히 내게 엘리트의 상징이고, 승진의 사다리를 밟고 싶은 직장인이라면 꼭 갖춰야 할 스펙처럼 느껴진다. 흰색 셔츠의 소매를 걷어 입고, 책상에 기대어 자신의 글로벌 커리어를 읊는 성공한 사람들의 인터뷰에서 만나는 그런 이미지. 그들의 치열한 열정에 박수를 보내고 싶고, 자극받아서 나도 열심히 해야겠다고 생각하던 때도 있었다. 지금은 그들이 영어만 잘해서 성공한 것이 아니라는 것도, 또 성공이라는 것은 여러 형태가 있다는 것을 안다.

이십대 때 글로벌 기업에서 임원으로 활약하고 있는 분들이 커리어에 있어 동경의 대상이었다면 이젠 자기 고유의 영역을 구축한 사람들이 대단해 보인다. 그리고 달라진 것이 있다면 엘리트도 전문가도 더는 롤모델이라는 이름으로 나를 지배하지 않는다는 점이다.

어떤 영역에서 인정받은 사람들의 이야기는 영감을 줄 수도 있지만, 나의 목표가 '그들처럼'은 아니다. 애초에 교육 배경이 다르고 가시고 있는 능력도 다르다. 결코 같아질 수 없다. 나는 나름의 모습대로 경력을 쌓고 있다. 그러다 보니 영어를 공부하는 목적도 달라진다. 유창하게 영어로 말하는 내 모습을 상상하기보다 영어를 알면 접할 수 있는 고급 지식이 훨씬 많다는 이유에서 영어 공부를 하고 싶어진다. 영어로 된 생활 매너와 관련된 시리즈 책, 건강 전문 서적 중에 번역되지 않은 것이 훨씬 많아서다.

"영어는 도구에 불과해. 네가 다른 거로 잘되면 영어 잘하는 사람은 고용하면 그만인 거야."
방법도 모르겠고 도무지 의욕도 생기지 않는 영어 공부로 한창 스트레스를 받았던 시절, 오빠가 내게 이런 말을 남겼다. 그런 각도로 바라보면 영어는 더 많은 세상 이야기를 접하기 위한 교양으로 익히고, 다른 업무 기술을 습득하는 편이 더 차별화된 직업인이 되는 길 같다.

뱁새가 황새를 쫓다 가랑이 찢어지는 일보다는 다리 짧고 귀여운 뱁새로 살고 싶다(실제로 뱁새는 황새를 따라 할 필요 없이 그 자체로 무척 귀엽게 생겼다). 뱁새의 영어 습득법은 읽기에 치우쳐 있긴 하지만, 무언가 알아간다는 그 자체로 아주 즐겁다. 언어란 완성이 존재하지 않고, 답보 상태인 것 같다가도 어느 날 나아져 있는 모습을 발견하기도 한다. 완성보나 세속하는 것을 목표로 오늘도 '영어 잘하는 사람'이 쓴 어떤 생각을 글로 만난다.

어느 직장인의 사소한 업무 습관

1. 명함 관리 앱을 쓴다

책상이 깨끗한 이유는 모든 것을 디지털로 관리하고 있기 때문이다. 인쇄된 문서가 없는데, 특히 명함은 '리멤버'라는 앱을 써서 관리하고 있다. 명함을 받는 즉시 사진을 찍어 등록하고 개인정보가 가득 담긴 명함은 문서파쇄기로 처리한다.

2. 사내 메신저로 잡담 금지

사내의 모든 시스템은 개인 용도가 아니다. 일 외의 이야기는 절대 사내 메신저로 하지 않는 것을 생활화하고 있다. 혹시나 문제가 되는 소지의 발언을 했다면 모니터링될 수 있다. 자신과 동료, 나아가 팀에 불리하게 작용할 말은 평소에도 하지 않지만 특히 사내 메신저로는 절대 하지 않는다.

3. 최최최…종본만 남겨둔다

어떤 프로젝트의 과정이 반드시 남겨두어야 할 만큼 필요한 자료가 아닌 이상 최종 통과된 파일만 폴더에 저장하는 것이 자료를 찾기에도 쉽고, 추후 활용할 때 헷갈리지 않는다. 폴더명에 관해서는 연도를 표기하고 구분을 지어 놓는 것은 좋지만, 파일명만큼은 내가 즐겨 사용하는 언어로 작성한다. 사실 어떤 폴더에 무엇이 있는지 100퍼센트 기억하기란 어려운 일이므로 흔히 검색 기능에 의존하기 마련인데, 보고용이 아닌 내가 즐겨 쓰는 언어로 해두는 일이 원하는 파일을 찾는 데 더 빠른 접근법 같다.

4. 감사보고서 읽기

회사와 관련된 언론의 보도와 금융감독원 전자공시시스템(dart.fss.or.kr)

에 업데이트되는 감사보고서를 주기적으로 읽어 회사의 동향을 파악한다. 재무분야에서 일하지 않는다고 회사의 매출액이나 직원 수 등을 모른다는 사람들을 만나곤 하는데, 지금 다니고 있는 회사의 살림에 관심을 두는 것은 필수. 소문과 추측으로 정보를 얻는 것보다는 공식적인 정보 쪽이 신뢰도가 높아서 이직을 고려할 때도 역시 해당 기업의 감사보고서를 읽어본다.

5. 헤드헌터보다 믿음직스러운 앱 몇 가지

이직을 고려할 때 많은 고민이 들기 마련인데, 아직 믿을 만한 헤드헌터를 알지 못하여 지인 추천으로 이직을 하는 편이다. 좋은 제안을 받으면 그 회사와 내가 맞는지 철저한 조사가 필요한데 정보가 열려 있는 시대다 보니 앱으로도 충분히 양질의 정보를 얻을 수 있다. 지금 사용하고 있는 잡플래닛은 재직 또는 퇴사자들이 남긴 회사의 평판과 면접 후기를 참고할 때, 크레딧잡은 연봉 협상을 할 때 해당 회사의 급여 테이블을 참고한다.

8

고요하게, 휴식

지친 하루를 보듬어주는 소박한 시간

평일 저녁, 나와의 약속

"오늘 좋은 데 가세요?"

바쁘게 정시 퇴근하는 내게 말을 건네는 직장동료에게. 신경 써서 차려입었다고 약속이 있는 것은 아니랍니다. 아침에 눈 뜨자마자 고대했던 순간, 이제야 집으로 돌아가는 것뿐이죠.

"저와의 약속이 있어서 집에 빨리 가봐야 해요."

네, 저는 지금 집으로 갑니다.

5주간의 법정휴가를 주고 대부분 가게가 6시쯤 문을 닫는다는 스웨덴. 연차마저도 눈치 보며 쓰는 한국에서 일과 휴식의 균형 잡힌 삶을 산다는 것은 큰 노력이 필요하다. 스웨덴에서 태어나진 못했지만 적어도 살기 위해 일하지, 일하기 위해 살지 않는다는 태도 정도는 배울 수 있을 것 같다. 하지만 대부분의 사람은 북유럽의 여유로운 라이프스타일을 부러워하면서도 결코 그렇게 살 노력은 하지 않는다. 언제나 불야성을 이루는 밤거리는 화려하기만 하고, 밤늦게까지 불타는 시간을 보내는 것이 도시의 삶이라 말하곤 한다. '피곤하다'를 입에 달고 사는 사회의

한 사람이 되는 것은 전혀 내 마음을 끌지 못한다. 대신 소박함, 따뜻함으로 채워진 집으로 가 다음 날을 위한 준비를 하고 휴식을 취하는 것에 온전한 정성을 기울인다. 평온한 저녁 시간이 이어지면, 북유럽에 이민 갈 생각은 사라지고 지금 발을 딛고 있는 이곳이 꽤 만족스럽게 느껴진다.

퇴근 후에 집으로 돌아가기 싫다는 사람들도 종종 만난다. 가장 황당했던 경우는 집에 가면 아이를 봐야 한다며 육아를 피하고자 야근을 하던 남자 직장 선배였다! 집이 지저분하고, 어딘가 고장 났거나 먹을 것이 떨어져서, 또는 쾌적한 온도가 아닌 이유로 밖에서 시간을 보내는 경우도 있었다. 세상에서 가장 편안해야 할 집이 불편한 장소가 된다는 것은 고단한 여행을 마치고 돌아갈 집이 없는 떠돌이의 심정과 마찬가지의 기분일 것이다. 나를 지지하는 기반이 사라진 것과 같은 쓸쓸함. 나 역시 청소가 되어 있지 않은 집에 들어가기 싫어서 밤거리를 배회하며 쇼핑하는 것을 즐겼던 과거가 있다.

혼자 살면 텅 빈 집으로 돌아가기 싫지 않냐는 말을 무시로 듣기도 한다. 도대체 질문한 사람은 무엇을 상상하는 것일까? 깜깜한 집 안(현관의 자동센서 등은 항상 잘 켜진다), 썰렁한 집 안(응?), 지저분한 집(더는 아니다), 적막이 흐르는(고요함은 내가 사랑하는 가치 중 하나다)… 그런 드라마에서 만들어낸 쓸쓸한 기러기 아빠의 모습을 그리는 것 같다. 불편했던 사회적 가면을 벗어 던지고 나로 거듭나는 편안한 공간에 들어온 순간, 머릿속은 '어서 씻어야지, 밥 차려서 먹어야지' 하는 현실만 있을 뿐, 소외와 상실로 가득한 드라마는 없다.

미국 LA에서 혼자 사는 사람의 행복한 일상을 그린 일러스트레이터인 야오야오 마 반 아스Yaoyao Ma Van As는 "혼자 산다는 건 모든 걸 혼자 해야 하고, 자신의 결정이 인생에 순간순간 영향을 미치는 일이지만, 혼자 사는 건 무서운 것이 아니며 멋진 순간도 셀 수 없이 많다"라고 말했다. 사람들에게 둘러싸여 외로울 수 있는 것처럼, 혼자 있어도 외롭지 않을 수 있다고. 그녀가 그리는 혼자의 순간들은 자연스럽고 따뜻하다. 정리되지 않은 산만한 작업 공간, 혼자서 창밖의 눈을 바라보는 모습, 반려견과 소소한 일상까지. 그 찰나의 순간들이 아름답게 느껴진다.

혼자서 충분히 행복한 사람만이 다른 사람과도 행복하게 지낼 수 있다. 만약 내가 누군가에게 항상 의지하고 경제적, 정서적으로 매여 있다면 어떻게 내가, 그리고 상대방이 행복할 수 있겠는지. 나와 주변을 가꾸며 충분히 휴식하는 저녁만이 빠른 속도로 흘러가는 세상에서 조금은 느리게 흘러가도 괜찮다는 기분을 느끼게 한다. 집에서 보내는 평일의 저녁이 얼마나 소중한지 오늘 저녁 나와 약속한 일들을 지키며 다시금 깨닫는다.

동굴 속으로

집이 최고다. 그것도 동굴같이 은은하게 어두운 그런 집.
무슨 소리냐면, 요리할 때를 빼곤 형광등은 켜지 않고 살아간
다는 뜻이다. 저녁에서 밤 사이 내내 11평의 집을 밝히는 것은
51단계로 밝기가 조절되는 침실 스탠드 하나뿐이다. 집 안의 조
명이 한 단계씩 낮아질 때마다 점점 잠에 빠져간다는 의미이기
도 하다.

밤에는 낮 동안 곤두세웠던 신경을 편안히 가라앉히고, 본격적
으로 휴식에 들어가기 위한 만반의 준비가 되어 있어야 한다.
형광등이 대낮처럼 밝게 켜져 있는 공간에서 몸과 마음이 모
두 쉬기란 어려운 일이다. 은은한 간접 조명이 마치 달빛처럼 느
껴지는 집 안에서 마음을 차분히 가라앉히는 음악을 듣노라면
극도의 이완 상태가 된다.

오늘 마음이 다쳤다면 낮은 조도 속에 몸을 웅크리며 "나는 날
마다, 모든 면에서, 점점 더 좋아지고 있다"고 되뇐다. 에밀 쿠에

의 자기암시 치료요법은 밝은 빛과는 어울리지 않는다. 상처를 받았을 때는 오히려 어둠이 편안하게 느껴지기도 한다. 오늘 힘든 일로 인해 앞으로 어떻게 일이 풀려나갈지는 아무도 모른다. 이 세상은 거대한 우연의 시스템이 작동하고 있고 호사다마, 새옹지마와 같은 사자성어들이 얼마나 오래되었는지 생각해보면 지나온 역사 안의 모든 사람은 지금의 나처럼 크고 작은 고난을 맞이할 때마다 알 수 없는 불안감에 몸을 떨었을 것이다. 그러니 지금은 지친 자신의 마음을 토닥여주는 것밖엔 할 수 없다.

만약 시골에 살았더라면 동굴 생활은 아주 무서울 것 같다. 주위가 온통 새카만 어둠뿐이라 한 치 앞도 분간할 수 없어서다. 하지만 도시에서의 동굴 생활은 공포 대신 경이에 찬 다른 감각을 일깨운다. 주위에 빽빽하게 밀집된 아파트와 여타 건물들이 별처럼 빛나고 있어서다. 물론 별은 그렇게 공장에서 찍어낸 듯 일정한 모양일 리 없다. 알퐁스 도데의 소설 『별』에서처럼 낭만적으로 별이 쏟아지는 것은 아니지만 주변 아파트에서 뿜어내는 빛이 다소 어두운 집 안을 아늑하게 보듬어준다.

기나긴 겨울 때문에 집에서 보내는 시간이 많은 북유럽 사람들은 휴식하는 법을 잘 아는 사람들 같다. 우리나라에서 그들의 인테리어나 가구가 유행을 넘어 일반화되어 가는 것도 '쉼'에 특화된 멋진 디자인과 실용성 때문이 아닐지. 우리 집에는 몇 개 안 되는 가구가 있지만, 철제나 플라스틱과 같은 인더스트리얼 요소가 강한 가구가 아닌 마치 북유럽의 느낌처럼 자연스럽고 따뜻한 목제가구만 있다. 목제 가구와 만난 은은한 조명은 우리가 자연의 일부임을 잊지 않게 해준다.

편안하고 아늑한 상태를 의미하는 덴마크의 휘게Hygge, 밖은 춥고 바람이 불지만 따뜻한 집 안에서 수면 양말을 신고 코코아를 마시며 책을 보는 상태를 상상하면 쉽게 와닿는 느낌이다. 날씨기 여상해 덴미그의 휘게를 느끼 보고 싶을 때민 조명 없이 캔들을 켠다. 음악을 들으며 타오르고 있는 초의 심지를 바라보는 것은 신비롭기까지 하다. 아주 작고 향기로운 빛은 공간을 가득 채우고, 쓸쓸한 날씨와 대조되어 마음을 스산하지만 동시에 따스하게 만들어주는 놀라운 효과를 내기도 한다.

바쁜 하루였다.
내일도 바쁠 것이다. 그러니까 지금, 이 순간만큼은 부교감 신경을 일깨우는 일에 관심을 기울인다. 스트레스와 긴장으로 작동되는 교감신경계가 낮 동안 활성화되어 우리를 스트레스로부터 구한다면, 긴장된 상황이 끝난 뒤에 부교감 신경계가 몸을 회복시켜주는 역할을 한다고 한다. 저녁만큼은 부교감 신경계가 활약할 수 있도록 도와줄 차례다.

집순이 부활

건강이 안 좋아져 회사를 그만두고 요양 겸 집에서 프리랜서로 일하던 때다. 아침에 일어나면 5분 만에 작업실로 쓰는 방에 가 파자마 차림으로 일을 시작하고, 점심을 해 먹고 다시 일하고 심지어 너무 바쁠 때는 밥할 시간도 없어 집으로 햄버거를 배달시켜 먹고 새벽까지 일하기도 했다. 집과 일터가 구분되지 않으니 휴식과 일의 경계가 모호해지고, 생활 리듬도 들쑥날쑥. 그때는 집이 감옥 같았다.

고독한 집에서 탈출하고 싶어 다시 회사에 다니게 되자 집이 그리워졌다. 긴장하지 않고 내 속도에만 맞춰 일하는 느낌도 꽤 좋았으니까. 사람은 쉽게 망각하고 항상 지나가버린 과거가 미화되는 법이라 재택근무가 체질인 것 같다고 요즘 다시 생각하게 된다(마감 맞추려 반쯤 울면서 새벽까지 일했던 기억을 제발 되살려!).

익명의 회사원 A씨가 된 지금, 오늘 하루 정시 퇴근을 위해 열심히 일했고, 긴 시간 지하철을 타고 집으로 돌아왔다. 밖에서

묻힌 세상의 때를 씻어 내고 무해한 집순이로 다시 태어나기 위한 작은 의식은 재빠른 샤워.

샤워하면서 오늘 있었던 일 중 인상 깊었던 순간을 지절로 곱씹게 된다. 내가 잘못한 부분, 사이다 발언을 했지만 후회하는 부분, 황당한 사건까지 되감기를 하고 나면 항상 나의 허물을 찾아 반성하게 된다. 흐르는 물에 그런 기억도 같이 쓸려 보낸다. 그러다 내일을 상상해본다. 무엇을 입고 먹을 것인지 매우 기본적인 일부터 해야 할 일과 하고 싶은 일들에 대해 끊임없이 생각한다. 머릿속의 생각을 정지시킬 수 있는 버튼이 있었으면 좋겠다고 생각한 순간 샤워가 끝나고 그저 멍한, 휴식에 최적화된 인간으로 거듭나는 것이다.

샤워는 재빠르게 한다. 뜨거운 물이 좋다고 오래 몸을 맡기고 있어 봐야 얻는 것은 수분이 빠져 쭈글쭈글해진 손가락뿐. 오랜 샤워는 몸을 더 피곤하게 한다. 샤워볼 대신 맨손으로 씻는데, 그 이점은 무궁무진하다. 세균이 번식하기 쉬운 샤워볼을 매일 건조하느라 애쓸 필요가 없다. 무엇보다 손으로 마사지하듯 씻어내면 살갗에 붙은 땀과 먼지는 당연하고 종일 긴장했을 몸 곳곳을 풀어줄 수 있다. 특히 여자라면 병원에서 가르침을 받은 유방암 자가검진을 하기 가장 좋은 시간이다. 마사지숍에서 어깨너머로 배웠던 마사지법을 써보기도 한다. 가슴에서 겨드

랑이 쪽으로 쓸어주면서 림프를 자극, 노폐물을 배출시키는 것. 맨손 샤워의 이점이다.

스트레스 완화, 혈액순환에 좋은 반신욕은 웰빙의 기본처럼 여겨지곤 한다. 매주 주말 등산을 다녔을 때는 세 시간 넘게 산을 타고 집에서 반신욕을 하곤 했는데, 피로한 몸이 풀리며 그보다 더 행복한 기분을 맛보기란 어렵게 느껴질 정도였다. 한 주 동

안 수고한 나를 위한 따뜻한 시간이었지만, 살림의 규모를 줄이고 작은 집으로 옮기자 욕조 없이 샤워기만 덩그러니 있는 집에 살게 되었다. 사람은 늘 자신이 가질 수 없는 것을 욕망하곤 한다. 우리나라 집의 구조는 욕실과 화장실이 함께 있는 경우가 대부분인데, 개인적으로 일본의 독신자 아파트처럼 작은 집이어도 그 둘이 분리된 구조, 그리고 욕실에 작은 욕조가 붙어 있으면 좋겠다. 매일 목욕을 하는 것이 생활문화로 자리 잡은 일본의 그런 부분만큼은 부럽다.

느긋하게 힐링의 기분을 만끽하며 매일 반신욕을 하고 싶어 다시 욕조가 있는 집으로 이사를 해야겠다고 종종 생각했을 만큼 반신욕이 가져다주는 행복은 강렬하지만, 지금은 현실적으로 어려우니 가끔 찜질방이나 온천 여행을 가고, 집에서는 샤워만으로도 충분히 유사한 기분을 느낄 수 있도록 물 온도에 그러데이션을 준다. 따뜻한 물로 시작해 점점 차가운 물로 마무리하고, 마지막으로 발바닥을 꼼꼼히 씻고 수압 센 샤워기의 물로 발바닥을 마사지하면 끝. 물기는 흡수하듯 대충 닦아내고 구름 같은 면으로 상도 받았다는 가벼운 목욕가운을 몸에 걸치면 그제야 집에 돌아왔다는 실감이 난다. 샤워 후에 상온의 물 한잔까지. 완벽하다. 그 순간 밖에서 있었던 불쾌했던 모든 일은 사라지고 오로지 나로만 존재할 수 있는 휴식의 밤이 시작된다.

평온함을 부르는 소리

고요함 속에 살아가는 사람들을 상상하면 자연 속 물아일체를 추구하는 도교도가 연상된다. 어릴 적 교과서에서 처음 만난 도교는 내게 묘한 신선 사상 느낌에 불과했는데 자연 속에서 치유의 기분을 얻은 뒤에는 왜 그런 사상이 생겨났는지 아주 조금은 알 것 같았다.

예술의 섬이라 불리는 일본의 나오시마. 그곳은 다카마쓰에서 한 시간 정도 배를 타고 들어가면 있는 곳으로 이우환 미술관을 가기 위해 찾았다. 출발했던 다카마쓰 항구는 쾌청했지만, 나오시마에 도착하니 비바람이 몰아쳤다. 마치 소설 『폭풍의 언덕』의 히스클리프드가 살 법한 곳처럼. 섬 전체는 정전이 되었고, 비바람은 세찼지만 생명의 위협을 느낄 만큼 강하지는 않았다. 혼자 여행을 떠났고 운전하지 못하는 죄로 우산 하나에 의지해 걸어갈 수 있는 미술관들을 향했는데, 예측 불허의 섬 날씨는 자연이 선사하는 장엄한 오케스트라 같았다. 파도 소리, 바람, 그리고 빗물기가 떨어지는 소리마저도. 그날 자연 속 휴식을 컨셉으로 TV가 없는 베네세하우스 호텔에서 침묵의 밤을 보냈다. 테라스에서 멀리 바다와 나무가 격렬하게 추는 춤을 바라보며 자연의 소리를 들었던 것은 이 세상에서 가장 아름다운 연주회에 다녀온 것처럼 오래도록 기억되고 있다.

엄마 몰래 '자연의 소리'라는 유료 전화 서비스를 어릴 때 가끔 이용하곤 했다. 114처럼 특정 번호로 전화를 걸면 원하는 자연의 소리를 들려준다. 새소리, 물소리… 마치 스카이라이프의 휴休 채널처럼 듣고만 있어도 편안해지는 소리다. 생각보다 꽤 오래전부터 자연의 소리로 마음을 다독이곤 했던 것이다.

도시에서 가장 크게 들리는 것은 듣그러운 자동차 소음이다. 고요함을 추구하기엔 지나치게 시끄러운 세상. 그 소음이 듣고 싶지 않아 종종 음악을 켜놓고 있다. 보사노바와 같은 올드 팝 취향이었던 나는 이제 더 먼 시절로 떠나 클래식 음악을 생활의 배경음악 삼아 살아간다. 클래식 음악은 어렵다고 하지만 애초에 감상의 포인트를 알지 못하고 들었다. 그래서 '와, 이 부분 연주! 소름 끼치게 좋다' 정도의 감상평밖에 할 수 없다. 그저 특정 소리와 맞는 나의 주파수, 내 마음을 진정시키거나 감동을 주는 장조와 단조들을 찾아낼 때면 그 음악과 사랑에 빠지게 된다.

세자르 프랑크 A장조 첼로 소나타는 매일 요가 스트레칭할 때의 배경음악이고, 쇼스타코비치의 매우 유명한 재즈모음곡 중 2번 왈츠는 차이콥스키의 사계 중 6월의 바르카롤(뱃노래)과 함께 내겐 6월이면 꼭 들어야 하는 노래가 된다. 피렌체 여행을 갈 때엔 역시 차이콥스키의 '피렌체의 추억'을 챙기는 것을 잊지 말아야 하고. 그리고 언제나 쇼팽.

삶을 꽉 채워주는 자신만의 음악 리스트를 가지고 있는 사람은 정말 행복한 사람일 것이다. 기분과 상황에 따라 매번 다른 음악을 통해 위안을 받을 방법을 알고 있다는 것은 내 기준에서 아이스크림과 함께 우울함과 무료함을 잊게 해주는 최고의 치유제여서다. 자연의 소리를 일상에서 들을 수 없을 때 클래식 음악만큼 완벽한 대안은 없다. 클래식 음악의 매력은 인간이 빚어내는 조화롭고도 차분한 소리라는 것이고, 지금의 디지털 기반의 음악이 주는, 묘하게 사람의 신경을 자극하는 소리와는 달리 깊은 곳에 숨겨져 있던 감정을 건드린다는 점이다. 니체가 신이 죽었다고 선언하기 전에 크게 발달했던 음악이어서 그런 것일까. 마치 영적인 것이 존재하는 것 같다. 음악과 예술만큼은 지나온 것 중 여전히 사랑받는 것들을 나도 사랑한다.

술이나 음식을 많이 먹거나, 노래방에서 큰 소리로 노래를 부르는 등 다소 자기 파괴적인 방법으로 스트레스 해결을 하는 것만이 스트레스를 관리하는 법의 전부는 아니다. 스트레스 해소는 치유가 기본이 되어야 한다고 생각한다. 이미 다친 마음에 몸을 더 파괴해 무엇을 얻을 수 있을까 하는 생각이 종종 든다. 지친 감정을 달래기 위해 주말에 피아노 리사이틀이나 콰르텟 연주회를 찾는다. 평온을 얻기 위해서 자연 속을 걷는다. 문득 정신이 고양되는 순간이 찾아오고 지난 평일에 내가 느꼈던 모든 괴로움과 고통은 희미해진다.

칸트의 산책

우리에겐 주입식 교육의 결과물인 '순수이성비판'이란 단어로 기억되는 철학자 임마누엘 칸트, 그에 관해선 유명한 일화가 많다. 내게 가장 인상 깊었던 것은 칸트가 사랑하는 여인에게 프러포즈를 받고 7년 동안 결혼의 장단점에 대해 고민하고 연구하다 그 답변을 하러 갔다는 것이고(결론은 칸트는 '예스'를 외치려고 갔으나 그 여인이 이미 유부녀였다), 대중적으로 널리 알려진 것은 그의 거의 변하지 않는 일과다. 평생 고향에서 살면서 새벽 5시에 일어나 오후 3시 반이면 산책을 하러 나가는 그를 보고 동네 사람들이 시간을 파악했다는 점. 칸트야말로 루틴의 효과가 무엇인지 보여주는 대표적인 인물일 것이다.

칸트의 반열에 들려면 멀었지만, 집순이임에도 불구하고 주말에는 꼭 산책하러 나가려 한다. 하루에 만 보는 걷자는 굳은 결심 때문이기도 하고, 집 안에만 있는 것도 꽤 답답해서다. 본디 지방 사람인 나에게 서울은 갈 곳이 무척 많은 아름다운 도시다. 하지만 휴식하기 조용한 곳을 찾기에는 지나치게 큰 도시다.

불과 1년여 전만 해도 등산을 즐겼다. 자연 속에서 평온함을 누리곤 하던 나는 거대한 자연 앞에서 한없이 작아지는 인간이 되는 것을 좋아했다. 그 속에 있으면 나의 고민은 아무것도 아닌 것처럼 느껴졌다. 한낱 미물에 불과한 초라한 나 자신이 뭐가 그리 잘났다고 고고한 척했는지 우스울 만큼 자연 속에서 겸손해졌다. 집 근처에 북한산이 있었기에 북한산 둘레길을 주로 갔고, 경사가 가파른 그 산의 가장 쉬워 보이는 코스에 오르며 세 시간 넘는 산행에도 충만함을 느낄 만큼 등산을 즐겼다. 하지만 경기도 양주에 있는 천보산 정상쯤에서 무려 멧돼지를 만난 뒤로 산에 올라가는 것에 겁을 먹고야 말았다. 당시 멧돼지와 우리 일행은 마주쳐서는 안 될 곳에서 서로의 기척을 느꼈다. 다행히 정면승부 없이 각기 다른 방향으로 잽싸게 도망치는 것으로 해프닝은 일단락되었지만, 심장이 멎을 것처럼 두려웠다. 걸음아 나 살려라 초조함으로 산에서 내려오다 관절이 아팠던 기억이 생생하다. 산이 아무리 매력적이어도 다시 산에 오르기에 아직 그 트라우마가 상당히 크다.

결국 겁 많은 나는 안전한 도심에서 조용한 곳을 찾아 산책하고 있다. 예약에 성공한다면 창덕궁 후원을 걷는 게 가장 좋다. 한 시간 반 정도의 산책 코스로 안성맞춤인데, 도심 속에서 왕실 정원을 거닐면 마치 조선시대에 온 듯한 착각이 든다. 들어가 볼 순 없지만, 정조가 세운 규장각을 보고 왕의 백성 체험인 벼

고요하게, 휴식

농사 지었던 곳도 거닐어본다. 옛 시가지의 모습이 살아 있는 종로구 일대는 내 취향의 산책로를 찾기 좋다. 안국역에서 내려 윤보선길을 따라 정독도서관, 그리고 국립현대미술관으로 걷는 것도, 국립고궁박물관에서 왕실 유물을 보고 경복궁 일대를 돌아보는 것도 모두 즐겁다. 도심 속 역사적인 장소에서 얻는 이질적인 매력이 산책의 즐거움을 배가시킨다. 조선시대 5대 궁궐을 산책로 삼아 돌아다닐 수 있는 특권 아닌 특권을 누리며 그 시대의 미학을 탐하기에 이르렀으니 참 생산적인 산책길인 듯하다.

산책의 시간은 결국 사색의 시간이다. 칸트의 철학이 나올 수 있는 배경에는 산책도 한몫하지 않았을까 생각한다. 학문적 탐구 뒤에 자기 생각으로 정리하는 시간을 갖지 않았더라면 지식만 많은 사람이 되어버리고 말았을 것이다. 산책의 효과는 일단 몸에 부담이 없는 가벼운 걷기 운동이라는 점이다. 걷다 보면 혈액순환이 잘 되고 꽉 막혀 있던 생각도 유연해진다. 책상에 앉아 있을 때면 그다지 떠오르지 않았던 아이디어는 걷다 보면 생각나는 경우가 많다. 고민이 많을 때는 움직여야 한다. 몸을 움직이면 생각도 유연해지고 좋은 결론으로 우리를 이끌어준다. 머릿속이 복잡하면 드라이브를 떠나는 친구가 있다. 그 친구에게는 드라이브가 자신의 고민을 해결해주는 장치일 것이다. 내게는 산책이 그렇다. 무언가 정리가 필요하면 걷는다. 걷는 일은 소란스럽지 않게 마음을 다스리게 해주고 머릿속을 정리해준다.

언제나 휴식할 준비

1. 침실에 아로마 오일 한 병

잠자리에 들 준비를 마치고 마지막으로 아로마 오일 몇 방울을 손에 떨어트려 열을 내서 잘 비벼준 다음 코로 향을 살짝 들이마시면 심신이 편안해진다. 그다음 얼굴에 부드럽게 마사지를 하며 얼굴 전체에 오일을 가볍게 바르고 잠이 들곤 하는데, 마치 마사지숍에 온 것처럼 심신이 극도로 이완되어 편안히 잠들 수 있다. 보통 숙면을 돕는 아로마테라피로 라벤더 오일을 추천하곤 하는데 향이 너무 짙어서 나에겐 맞지 않았다. 일반론보다는 자신에게 맞는 허브를 찾아본다.

2. 숙면을 위한 캐모마일 티

잘 자는 것보다 최고의 휴식은 없다고 생각한다. 여행, 등산과 같이 오래 몸을 썼거나 스트레스가 심한 날이라면 쉽게 잠들기 어렵다. 이런 날에는 따뜻한 캐모마일 티를 마시곤 하는데 캐모마일 허브는 신경 안정에 도움이 되는 것으로 알려져 있다. 따뜻한 우유, 바나나와 같은 식품도 도움이 된다지만 잠이 들고 싶다고 위를 괴롭힐 수는 없는 일. 가벼운 티 한 잔을 처방하는 것이 현명한 선택이다.

3. 암막 커튼은 쓰지 않는다

아침에 햇볕이 드는 것이 싫어 암막 커튼을 사용하는 경우가 있다. 암막 커튼은 체내 시계를 여전히 어둠으로 인식하게 하여 필요보다 오래 잠들게 한다는 단점 때문에 사용하지 않는다. 대신 얇은 커튼을 써서 해가 서서히 떠오르는 것을 의식하며 조금씩 잠에서 깨는 편이 매일같이 일정한 컨디션을 유지하는 데 도움이 된다. 그리고 늦잠으로 회사 등에 지각하는 일도 생기지 않는다. 커튼 때문에 지각했다는 사람을 여럿 봤다.

4. 계절별 파자마

외출복으로 입었던 낡은 티셔츠나 트레이닝 팬츠 같은 것을 집에서 실내복 대용으로 입는 경우가 있다. 실내복과 외출복은 솔기의 넉넉함이 다르다. 몸을 조이지 않는 편안한 실내복, 그러니까 룸웨어를 사는 것은 휴식을 위한 좋은 투자다. 나는 계절별로 가공법을 달리한 면 소재(여름에는 플리세, 겨울에는 누빔과 같이)의 팬츠 파자마 세트를 입고 주로 생활한다. 유일하게 원피스 형태의 파자마가 딱 한 벌 있는데 몸이 아플 때 주로 입는다. 팬츠처럼 허리조차 조이지 않아 막힌 곳 없이 몸 전체를 원활하게 순환시켜 가장 편안한 몸 상태를 만들어주기 때문. 그래서 자신을 간호해야 할 순간이 오면 가장 먼저 챙겨 입는다.

5. 심플한 피크닉

《킨포크》 잡지의 화보처럼 멋진 음식을 싸 들고 피크닉을 나갈 기회는 좀처럼 없다. 대신 좀더 심플한 피크닉을 즐길 기회는 많다. 산책을 하러 갈 때 간단하게 다과를 준비하는데 들기 편하도록 여름에 도시락 가방으로 쓰고 있는 작은 보냉백에 시원한 물 또는 따뜻한 차를 텀블러에 담아 준비하고 혹시 모를 허기짐에 대비해 두유 하나를 간단하게 챙기기도 한다. '멧돼지의 난' 이전에는 간단한 유부초밥과 과일 등을 싸서 등산을 하러 가서 먹는 즐거움을 누리기도 했다.

6. 손수건 한 장의 효과

저녁에 집에 돌아오면 사용한 손수건을 빨아서 말려둔다. 손수건은 한 가지 용도 외엔 쓰기 힘든 티슈보다 훨씬 더 많은 부분에서 외출을 윤택하게 만들어준다. 티슈처럼 땀, 하품한 뒤 흐르는 눈물, 물 묻은 손을 닦을 때 사용할 수 있음은 물론 갑자기 추워지면 목에 둘러 체온을 올릴 수 있고(목 뒤에 체온 조절 지점이 있다고 한다.), 에어컨이 지나치게 세게 틀어진 실내에서 담요 대용으로 다리를 덮는 데 쓸 수도 있다. 고작 손수건 한 장이지만 집이 아닌 공간에서 언제든지 아늑한 생활을 할 수 있도록 도와준다.

7. 좋은 컨디션은 체온 조절부터

체온을 1℃ 올리면 다이어트, 면역력 증강에 좋다는 건강법을 쉽게 만날 수 있다. 특히 여자들은 하반신을 따뜻하게 하고 지내라는 말을 어른들에게서 많이 듣게 되는데, 겨울에 내복을 챙겨입고 여름에도 지나치게 냉한 곳에 앉지 않는 것이 건강에 좋다. 체온 조절은 질병 예방에 가장 필수적이다. 스타일에 어울리지 않는다는 이유로 한겨울에 맨발로 신발을 신기도 했던 과거의 나를 반성, 이제는 겨울이 되기 전에 가장 먼저 질 좋은 울 양말과 내복을 준비한다.

8. 숨겨놓은 스마트폰

온전한 휴식을 위해서 스마트폰을 침대 협탁 서랍에 넣어두고 지낼 때가 있다. 보통 특별하게 연락받을 일이 없는 주말에 그렇게 지내는데 세상과 연결되지 않은 느낌이 휴식에 도움이 된다. SNS의 수많은 지인들의 소식과 뉴스로부터 해방되면 지금 이 자리에 있는 내가 전부다. 스마트폰으로부터 자유로워진 순간 공상에 잠기고, 마음껏 책장을 넘기며 보다 긴 호흡으로 다른 세계를 유영한다.

9. 작은 안부의 시간

지인들에게 연락을 자주 하는 성향은 아니지만, 가끔 누군가 생각이 나면 아무 이유 없이 먼저 연락을 한다. 메시지를 주고받기도 하지만 역시 목소리를 듣는 것이 마음 가득 따스해진다. "잘살고 있음 되었지"라는 무탈함을 확인하고, 그렇게 우리가 여전히 서로의 기억 속에 존재한다는 것, 그리고 별일 없이 일상의 속도를 잘 지키며 살아가고 있다는 것에 안도한다.

9

심심하지 않아 다행이야

노는 게 제일 좋은 어른의 주말

불금의 꽃

술 푸는 친구들, 밤새워 춤추며 놀던 클럽… 이런 생활이 내게도 존재했었다. 바로 '불금'이라는 이름으로. '노는 것도 한때다.' 어딘가에서 이런 말을 주워들었던 것 같다. 체력이 넘쳐나고 나이트 라이프를 즐기는 것은 정말 한때였다. 그리고 인사청문회도 아닌데 나는 정말 그 시절이 거의 기억나지 않는다.

또래 친구들보다 정신적으로 나이 드는 속도가 빠른 편인지 여전히 클럽에 놀러 가는 것을 기분전환 삼는 친구들이 주변에 있다. 친구는 고궁 산책하러 가자는 나에게 '할머니 라이프스타일'이라며 가볍게 통박을 주곤 한다. 과거에 사귄 친구들과 취향이 달라졌다. 아이돌에 열광하고, 유튜브에 빠져 살고, 유행하는 신조어에 해박한 한 친구는 고전적인 취향만 남은 내게 이렇게 물었다.

"우리에겐 이제 공통점이 하나도 남지 않았는데, 왜 우리는 여전히 연락하고 지내는 걸까?"

관심사는 달라졌지만, 우리 둘 다 미혼이라는 점이 같다. 아마도 그래서일 거라고 생각했다. 젊은 날에는 비슷한 취향의 친구와 노는 게 재미있었다면 중년에 다다르는 나이에는 유대감이 더 중요해진다. 묘한 동지 의식 같은 것. 심리치료의 사례 중심의 조언 말고, 점쟁이의 넘겨짚기식 위로 말고 오랫동안 나를 봐온 사람에게 공감과 이해를 구하고 싶을 때가 종종 있다. 그래서인지 주말에 친구들을 만나면 새로운 체험을 한다기보다 서로 근황을 나누고 고민을 털어놓는 시간을 가질 때가 더 많다. 맛있는 음식, 따뜻한 차 한 잔은 대화를 위한 조력자가 된다.

하지만 최근 대부분의 주말을 혼자 보내고 있다. 주말에도 평일과 같은 생활 리듬을 유지하면서. 다음 날이 주말이란 이유로 밤늦게까지 놀지 않고(혹은 못하고) 언제나처럼 같은 속도로 산다. 평소보다 더 여유로운 이틀이 지나면 일 중심의 하루를 맞이하는 나날들.

한때 금요일에 약속이 없으면 참 처량했다. 사람들이 불금인데 뭐하냐는 물음에 뭔가 그럴싸한 대답을 해주고 싶었던 것 같다. '나 친구들도 많고, 인기 많아요…'라는. 지금 생각해보면 참 유치한 자존심(이라고 부를 수 있는 문제인지는 알 수 없다)이었다.

그래도 금요일이 되면 대부분의 사람처럼 기분이 들뜬다. 보통 주말을 위한 준비를 하는데, 출근길 아침에는 지하철에서 온라인 장보기를 하고 퇴근길에는 꽃을 산다. 매주 제철에 나는 아리따운 꽃을 사서 화병에 꽂아 두는데, 아침에 눈을 뜨면 가장 먼저 볼 수 있기 때문이다. 주말에는 집에 머무는 시간이 길어 꽃이 가장 싱싱하고 아름다울 때 마음껏 감상할 수 있다.

계절마다 인테리어를 새로 하는 집도 있겠지만 우리 집은 변화가 없다. 바뀌는 것은 침구의 두께 정도일 뿐. 그런 밋밋한 집에 꽃은 다른 계절이 왔음을 알려준다. 제철 음식이 먹는 것으로 절기를 깨닫게 해준다면, 꽃은 눈으로 그 계절을 즐기게 한다.

꽃은 상상력을 자극해서 집에서도 다른 공간에 있는 착각을 불러일으킬 때가 있다. 탐스러운 수국은 고즈넉하고 우아한 교토의 어느 거리를 걷는 듯한 기분을 느끼게 해준다. 맨스필드 파크 장미의 아름다운 자태는 영국의 한 가정집의 잘 다듬어진 정원에서 만난 장미를 연상시킨다. '고흐의 해바라기'란 별명을 가진 테디베어 해바라기는 그의 화폭을 집으로 옮겨놓은 것 같다.

수많은 영감과 스토리를 담고 존재하는 꽃은 내게 기분 전환을 위한 작은 행복을 응축시킨 것이다. 누군가 꽃을 사는 것은 돈이 아까운 일이라고 했다. 곧 시들어버릴 텐데 그걸 왜 사는지 모르겠다고. 버릴 때 쓰레기 처리도 귀찮지 않냐고. 꽃도 일종의 기호품이다. 금요일에 마시는 그 사람의 술처럼. 술을 많이 마시면 숙취 때문에 고생하고 몸도 상할 텐데. 나처럼 술을 마시지 않는 사람은 술 마시는 사람들을 이해할 수 없다. 마찬가지로 나의 정적인 취향을 이해 못 하는 사람에게는 내가 결국에는 시들어버릴 것이 분명한 꽃을 정기적으로 사는 특이한 사람일 것이다.

불금을 보내는 방법은 저마다 다르다. 이렇게 사소한 취향마저도 다른데, 애초에 타인에게 이해받길 원하지 않아야 한다. 누군가 자신을 이해해줄 거라고 생각하는 자체가 꽤 무모한 일인지도 모르겠다. 그저 상대를 있는 그대로 받아들이면 그만일 텐데.

과거에 함께 놀던 친구들 속의 나와 지금의 나는 같지만 다른 사람이다. 오랫동안 나를 알았던 사람들은 나의 달라진 모습을 낯설어한다. 사람이 많아 시끄러운 곳은 절대적으로 피하고, 잘 정리된 집에서 꽃을 감상하고, 숲과 미술관이 번화가의 술집보다 익숙해진 사람. 편의점의 간편식보다 장을 봐서 집에서 요리를 해 먹는 것이 당연한 생활. 주말을 그렇게 보내며 재충전의 시간을 가질 뿐 무언가 자극적인 일을 찾지 않지 않는 나는 섬에서 다름을 느낀다고 말한다.

무엇이 더 낫다고 생각하진 않는다. 그저 위안을 얻는 방식이 다른 것뿐이다.

나는 변했지만, 예전과 변함없는 사람도 있을 것이고, 나보다 훨씬 더 많은 변화를 겪은 사람도 있을 것이다. 사람은 늘 똑같아 보이는 그 순간에도 조금씩 달라지고 삶의 방향을 수정하고 있을지도 모른다. 계절마다 볼 수 있는 꽃의 형태는 다양하지만, 똑같이 마음속에 감탄을 자아내듯이 각자 방향은 달라졌어도 계속 삶을 감탄할 수 있는 능력만큼은 모두 그대로이길 바라본다.

달밤의 거북이 소나타

입장료 천 원을 내고 덕수궁에 들어가 가장 한적한 곳에 자리 잡고 앉아 펼친 책, 손미나의 에세이 『파리에선 그대가 꽃이다』. 그 책을 읽었던 순간을 지금도 기억하는 것은 삶의 지향점을 바꿀 만한 이야기를 만났기 때문이다. 바로 프랑스 중산층의 조건으로 알려진 프랑스 퐁피두 전 대통령의 '삶의 질Qualite de vie.'

— 자유롭게 구사하는 외국어 하나
— 관람에 그치는 것이 아니라 직접 즐길 수 있는 스포츠 하나
— 다룰 줄 아는 악기 한 가지
— 남들과 다른 맛을 낼 수 있는 요리 하나
— 공분에 의연히 참여하는 자세
— 꾸준한 봉사 활동

우리나라의 경우 30평 이상의 자기 소유 아파트, 2000cc 이상의 자동차, 현금 자산 1억 원 이상, 월 500만 원 이상의 소득 등이 중산층의 조건이라고 한다. 나는 우리나라에서 몹시 가난한

사람이지만, 나도 부자가 되고 싶다. 우리나라의 기준에 맞는 부자를 목표로 했다가는 몸이 바스러지도록 돈만 벌다가 생이 끝날 것 같지만, 프랑스의 기준이라면 얼마든지 지금을 즐기며 삶을 살아낼 수 있을 것 같다.

정신적으로 풍요로운 부자를 목표로 하자 마음이 여유로워졌다. 넘쳐흐르는 교양으로 다양한 사람들이 살아가는 이 세상을 이해하는 폭이 깊어졌으면. 배움에는 끝이 없다는 점도 질리지 않고 계속 내적인 부를 축적해나갈 수 있는 동력이 될 것 같다. 그런 마음가짐으로 프랑스 중산층의 기준에 꽤 매료된 나는 피아노를 다시 시작하게 되었다.

어릴 때 5년 정도 피아노 학원에 다녔지만 큰 흥미를 느끼지도 실력이 뛰어나지도 않은 어린 나는 마냥 학원에 가기 싫어서 몸부림을 쳤다. 지금 생각해보면 음악의 즐거움을 먼저 깨닫게 해주는 교육이 아닌, 자를 들고 악보를 잘 못 읽으면 손을 때리는 등 무조건 해내라는 스파르타식 교육 때문에 음악에 재미를 느끼지 못했던 것 같다.

하지만 온전히 몸으로 배운 악기는 피아노뿐이라서 그 어떤 악기보다 친밀한 느낌이 든다. 88개의 긴반이 민들어낸 조화로운 소리가 마음을 가장 편안하게 만들어주고, 유명한 피아니스트들이 연주하는 쇼팽의 음악은 눈물이 날 만큼 감동적이다. 어릴 때 쇼팽은 내게 신의 영역이었다. 감히 비루한 내 실력 따위로는 연주할 수 없는 어려운 곡투성이라고. 자라고 나서 다시 쇼팽의 왈츠나 녹턴 악보를 보니 그렇게 무자비한 작곡가는 아니었다. 오랜만에 악보를 봐도 읽을 수 있고, 화음을 만들어낼 수 있어서 어떤 식으로든 교육을 받았던 것 자체는 무용한 것이 아님을 다시금 깨달았다.

성취에 대한 아무런 갈망이 없다는 것이 놀이고 취미이다. 열심히 하지 않아도 상관없는 것들은 재미있다. 악보를 멋대로 해석했다고 해서 아무도 뭐라고 하지 않는다. 손을 얻어맞을 일도 없고, 콩쿠르에 나갈 일도 없으니 긴장할 일도 없이 그저 재미있다. 대신 잘 치면 내 귀가 좀 호강하지 않을까? 하는 생각 정도는 든다.

거의 매일 밤 피아노 2, 3곡 정도를 치고 있다. 쇼팽의 왈츠와 녹턴, 그리고 베토벤 소나타의 악보를 더듬어서 거북이처럼 치고 있지만 연습을 할 때마다 '아, 그래도 조금씩 나아지고 있어' 하는 기분이 피아노를 치는 가장 큰 즐거움이다.

예술가는 특별한 재능을 가진 사람들이다. 힘든 연습을 계속해내는 끈기를 갖춘 그들은 인간의 감정을 섬세하게 표현하는 감동적인 소리를 들려주고, 안무를 보여준다. '연습이 완벽을 만든다Practice makes perfect'는 서양의 속담이나 날이 갈수록 새롭게 발전한다는 '일신우일신日新又日新'이란 고사가 딱 들어맞는 사람들. 다만 탁월한 사람이 되려면 똑같은 방식으로 계속 연습만 하는 것은 도움이 되지 않는다고 한다. 잘못된 부분을 고쳐서 다시 연습하는 교정의 순간이 필요하다고. 잘못된 부분을 반복해 교정할 수 없는 지경에 이르는 것이 최악의 상황이라고 하는데, 우직하고 성실하게 앞만 보고 나아갈 것이 아니라 늘 자신이 어떤 점을 잘못하고 있는지 돌아보고 반성하며 고쳐서 나아가는 태도는 영역 불문의 일인 것 같다.

다행히 직업적 예술가가 아닌, 정신적으로 부유해지기 위한 나의 즐거움으로 밤이면 피아노를 연주한다. 헤드셋을 끼고 연습하니 층간소음으로 민원이 들어올 일도 없다. 어둑한 집에 조명은 은은하고, 가을날 밤의 달빛이 서정적이다. 그 속에서 스웨터를 입고 피아노를 치고 있을 때 조용히 스산한 바람이 불어온다. 그 순간에 '시적인 밤'이 무엇인지 느낀다. 그만 매료되고 만다.

심심하지 않아 다행이야

그런 말은 일기에나 쓰라죠

고양이는 차라리 단순하다. 먹고 싶으면 먹고, 자고 싶으면 자고, 화날 때는 열심히 화내고, 울 때는 이보다 더 슬픈 일이 없다는 듯 운다. 우선 일기 따위 쓸데없는 것은 절대 쓰지 않는다. 쓸 필요가 없기 때문이다. 나쓰메 소세키의 『나는 고양이로소이다』에서 일기의 쓸데없음을 확인했다.

과거 일본에서 일기는 귀족들이 공적인 일 또는 가문의 생활 기록을 쓰는 것을 의미했다. 공식 기록 같은 일지 느낌이 강한 듯하다. 어쨌든 나쓰메 소세키에 따르면 쓸데없는 일기를 쓰기 시작한 것은 학교 방학 숙제가 그 시작이다. 어린아이의 일상에 뭐 그리 인상 깊은 일이 있었을까. 가끔 소재가 바닥나면 없었던 일을 소설처럼 꾸며 쓰기도 했다. 창작열에 불탔다는 것을 생각하면 일기는 글쓰기의 좋은 시작이 맞는 것 같다.

사춘기를 맞아 감정을 실어 적었던 일기는 다시 보면 늘 유치한 법이라 중학생 때는 앙증맞은 자물쇠 달린 일기장을 쓰레기통에 버리기도 했고, 고등학생 때는 일기장을 불태우는 등 치부가 적힌 사적 기록들을 폐기하느라 고생했던 기억이 많다. 어른이 되어서 일기는 컴퓨터의 워드 프로그램에 작성하는 것이 되었고, 다시 읽어 보고 나서 내가 혹시 죽은 뒤에 이런 글을 가족들이 읽는다면? 하는 두려움(도대체 무슨 내용이길래) 때문에 곧잘 파일 삭제를 누르곤 했다. 귀스타브 플로베르의 통상 관념 사전에 따르면 모두가 다 아는 것이 사생활이라고 하지만 글로 남겨지면 결국 공식적인 것이 되어버린다.

가끔 스트레스를 해소하기 위해 순간의 감정에 휘둘려 일기 글을 쓰곤 한다. 이 글은 시한부여서 일주일 이내에 삭제된다. 그토록 격렬하게 느꼈던 분노가 그리고 슬픔이 치유되는 데 꼬박 일주일이 걸리는 모양이다. 그때는 진심이었던 심정을 시간이 지난 뒤에 다시 읽어보면 어쩐지 낯부끄러울 때가 있다. 감정이란 그렇게 무뎌지기까지 언제나 시간이 필요하다.

내 마음 편해지자고 주변 사람을 감정 쓰레기통으로 만들지 않기 위해 다짐한 것이 있다. 기쁨도 슬픔도 가볍게 나누겠다고. 지나칠 만큼 기뻐하거나 행복해하지도, 온 세상이 무너진 것처럼 슬퍼하지도 않아야겠다 생각했다. 고양이가 아니라서 단순하게 살 수 없을 때가 있다.

'넘침도 부족함도 없이, 딱 적당하게'라는 의미의 스웨덴의 라곰 Lagom 정신, 플라톤과 공자의 중용. 동서양 모두 강조하고 있는 삶의 태도는 바로 모자라지도 넘치지도 않은 균형 잡힌 상태를 이상으로 꼽는다는 점이다. '내가 너보다 낫다, 나는 너보다 부족하다' 이런 느낌 없이 사람들과 잔잔한 관계를 이어나가고 싶은 노력 때문에 일기는 나의 유일한 감정 분출구가 되고야 말았다.

그런데 최근에는 감정일기 따위 까맣게 잊고 지낸다. 상대의 어떤 말을 표면 그대로만 받아들이고, 불안한 미래는 준비하면 그만이라는 마음가짐을 갖게 되면서부터다. 부정적인 감정이 생기면 웅크리고 앉아 생각의 가지를 뻗어나가기보다 거실의 커튼을 뜯어 빠는 일이 생각을 단순하게 만들어준다. 감정을 기록해서 되새기는 것보다 몸을 움직여 부정적인 기분을 공기 중으로 사라지게 만드는 편이 훨씬 시원하다.

무언가 쓰면서 시간 가는 줄 모르고 재미있다 느낄 때 가장 행복하다. 그러다 보니 늘 소멸하는 일기보다 요즘의 관심사, 소위 말하는 '덕질'을 글로 남긴다. 건강한 식사법에 푹 빠져 있는 지금은 낫또는 저녁에 먹는 것이 좋다는 등 생활에 바로 적용할 수 있는 여러 정보를 모으고 정리한나. 조선미술사 관린 전시회 등에서 새롭게 얻은 지식을 정리하고, 음악회에 다녀오면 감상

문을 짧게 적고 다음번에 다시 읽어보며 그때의 즐거움을 곱씹곤 한다.

일본의 평범한 샐러리맨인 시노다 과장은 식사 그림일기를 썼다. 그것도 무려 23년간. 매일 습관처럼 오늘 먹은 끼니를 그림과 글로 적어 기록으로 남긴 것이다. 개인의 음식 일지이자 놀이에 불과한 습관일지도 모르지만, 동시에 한 개인으로 대표되는 어떤 문화권의 식생활 문화사로도 손색없을 듯한 기록. 시노다 과장처럼 지금의 관심사를 주제별로 오랫동안 정리하다 보면 내가 사랑했던 일상이 하나의 역사로 남을 것 같다. 새로운 경험을 물건이 아닌 글로 수집하는 즐거움은 삶의 끝자락에서 다시 읽어 보면 꽤 흥미진진하겠지. 그중에 하나쯤은 모두에게 도움이 되는 글 모음이 될지도 모른다. 특별한 봉사활동을 하는 것은 아니지만 그런 성향이 세상에 조금이나마 기여할 수 있는 일이 되어주지 않을까 문득 생각해본다.

꿈 통장을 모으며

"나이 들면 확실히 자기 일과 취미가 있어야 하는 것 같아."
마흔 초입의 직장 동료에게 들은 말은 이제까지 인생 선배들이
입을 모아 했던 조언과 똑같았다. 돈은 알파요 오메가이며, 그
사이사이를 채우는 것은 삶에 대한 식지 않은 애정과 관심이라
고. 나는 지금을 충실히 살며 앞으로의 삶에 대해 생각한다.

나이에 따라 삶을 대하는 방식이 조금씩 바뀌어간다. 언제나 지
금 나이는 처음 살아보는 것이니 서툴 수밖에 없고, 상황에 따
라 태도를 수정해야 할 때가 생긴다. 변함없이 조금씩 방황하고
궤도를 바꾸며 살아가는 중에 작게라도 열망하는 것이 있다면
삶이 무료해지는 법은 결코 없다.

일상의 활력소가 될 만한 수많은 일 중에 나는 배움에서 즐거
움을 찾고 있다. 생활의 기술부터 인문학 관련 지식, 직업 교육
까지 가리지 않고 무엇이든 배우는 일은 내가 알지 못했던 세
상이 얼마나 크고 넓은지 다시금 느끼게 해준다. 우리 사회에

남겨진 유교의 폐단을 비판하는 사람은 많아도 공자의 사상에 대해 먼저 알아보려고 하는 사람은 드물 텐데, 최근 나는 의미를 곱씹으며 『논어』를 읽고 있다. 그 시작은 조선미술사에 대한 관심이었다. 문인화에 적힌 글귀들을 읽고 싶어졌고, 왜 그런 글을 썼는지 그 시대 사람들의 뇌 구조가 궁금해서였다. 호기심에 여러 작품을 감상하면서 그림과 발문이 말하는 것은 결국 그 시대 통치 이념 그 자체가 자신이 되어버린 사대부, 동시에 자연인으로서 자신의 이상과 바람을 해파리처럼 투명하게 내보이고 있다는 생각이었다. 왕에게 잘 보이고 싶어 지금이 태평성대라고 중국 고사故事에 빗대어 아첨하는 모습은 입신양명하고 싶다는 날것 그대로의 욕망을 품격 있게 포장해놓았구나 싶어지고, 귀양지에서 딸의 혼인을 축하하며 시와 그림을 지어 보낸 다산 정약용의 〈매화쌍조도〉에 담긴 그리움에 가슴이 뭉클해진다. 이理와 기氣에 대해 논하는 성리학에 대해 잘 몰라도 시대와 상관없이 그 안에는 언제나 사람이 있고, 나는 역사에 남겨진 사람들이 남긴 조각조각을 보며 상상하길 즐긴다. 이렇게 어떤 끌림을 느낀 분야는 수박 겉핥기에서 끝날 수도 있지만, 지속하면 결국 새로운 세계로 나가기도 하니 살짝이라도 발을 담가보는 것은 의미 있다고 생각한다.

반면 자기계발의 목표를 갖고 공부를 시작하기도 한다. 꽃꽂이 기술을 배워 꽃 가게를 차리겠다고 악심 차게 배워나갔던 6개월의 시간이 그랬고, 프랑스어나 스페인어같이 무턱대고 새로운 외국어를 배워보겠다고 학원에 다녔을 때도 마찬가지였다. 하지만 무엇 하나 성과로 연결된 것은 아직 없다. 중간에 그만둬버렸기 때문이다.

> 당신의 심플하지만 단단한 루틴과 습관을 계속해 나가야 합니다.
> 발전과 성과가 없다고 해서 자꾸만 자세를 바꾸고, 생각을 고치고,
> 이것저것 다 해보는 사람에겐 좋은 조언자가 나타나지 않습니다.
> 너무 변화무쌍하니까요.

『타이탄의 도구들』이란 책에서 발견한 명문에 강한 충격을 받았다. 나는 계속 자세를 바꾸고 생각을 고치고 심지어 이것저것 다 해보고 있었구나 하는 강한 깨달음이 들었는데, 이런 태도는 확실히 성취와 거리가 멀다.

> 50세가 되었고 앞으론 안 해본 일을 해보려고 합니다.

가스트로노미(Gastronomy, 미식)에 대한 주제로 한 강연에 초청된 사회학 교수가 이런 강연도 자신에게는 새로운 도전이라는 취지의 뜻으로 이야기했고, 그 순간 나를 포함한 청중들의 암묵적인 지지가 느껴졌다. 한 가지를 꾸준히 해나가는 것과 새로운 것에 도전하는 것 중 무엇이 나의 삶을 더 풍요롭게 해줄지

잠시 생각해보았지만 늘 그랬듯이 정답은 없다. 다만 지금까지 해오던 일을 꾸준히 하면서 안 해본 일을 조금씩 하는 것이 나에게 맞는 방법이란 결론만 내렸을 뿐.

과거에 해봤지만 중단했던 일에는 이유가 있었을 테고, 포기하지 않았다면 다시 시작하면 그뿐이다. 이미 시작이라는 가장 어려운 단계를 지나왔으니 잠깐 멈추었던 것을 다시 하는 것은 그렇게 어렵지 않다. 그리고 어떤 배움도 쓸모없는 것은 없었다.

결국 완성이 아닌 계속하는 것이 목표가 되고, 나는 여전히 과거에 안 해본 일들을 꾸준히 시도해본다. 그렇게 앞으로의 삶에서 하고 싶은 막연한 일을 주말마다 차분히 찾고 있다. 마음이 가는 것에 조금은 덜 신중해지는 편이 삶을 더 활기차게 해준다.

'어쩌다 시작한 이 일을 계속하고 있네?' 문득 깨달은 미래의 나에게 선물을 주려고 한 달에 십만 원씩 적금을 붓기 시작했다. 하다못해 그 일을 시작하는 데 필요한 준비물을 사는 돈이라도 마련되지 않을까 하는 생각으로 목적이 뚜렷하지 않은 돈을 지금부터 모은다. 일상의 작은 의식이 되기도 하고, 미지의 꿈을 향해 지원금이 쌓이는 기분이어서 어쩐지 응원받는 느낌이다.

꿈 통장에 모아진 돈이 앞으로 어디에 사용될 것인지 벌써부터 두근거린다. 해야만 하는 일보다 하고 싶은 일이 많은 삶을 꿈꾸며, 나이가 들어도 변화를 두려워하지 않고 계속해서 시도해보는 것. 그렇게 생기 있는 어른으로 살아가고 싶다.

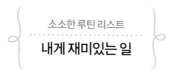

소소한 루틴 리스트

내게 재미있는 일

1. 가끔은 사치스럽게 조조 영화

주말에도 평소와 비슷하게 7시쯤 일어나는 나는 가끔 혼자 조조 영화를 보러 간다. 물론 전날 예매를 해두고 계획을 세운 다음 움직인다. 할인된 금액으로 티켓을 살 수 있는 것은 당연하고, 무엇보다 한산한 영화관에서 시야를 방해받지 않고 영화를 볼 수 있다는 것이 조조 영화의 매력. 사람들의 "저 사람이 범인이야"라는 소곤소곤 대화 소리나 팝콘의 강렬한 향기, 영화 상영 중 휴대전화를 켜는 사람 때문에 눈이 부시지 않은 평온한 시간이다.

2. 반려식물 한 마리

가끔 영화 <레옹>에 나오는 레옹처럼 하나뿐인 우리 집 반려식물 '아레카야자'를 들고 산책하는(물론 영화 속 그 모습은 산책이 아니다.) 내 모습을 상상해본다. 지금 사는 집은 반려동물을 키울 수 있는 환경이 아닌 데다 잘 돌볼 자신이 없어 앞으로도 반려동물을 키울 생각은 없다. 그러다 보니 어쩌다 공기 정화 식물이라며 선물로 받은 아레카야자가 우리 집에 처음 발을 들여놓은 지속 가능한 생명체였다. 그저 물 주고, 가끔 영양제 주고, 말라버린 잎사귀를 잘라주는 정도로 의무적인 관리를 했던 어느 날, 새롭게 자라난 잎대를 보고 생명의 경이로움을 느꼈다. 그렇게 정이 들고 반려식물로 자리 잡게 되었지만, 여전히 이름은 없다. 귀하게 여기면 언젠가 잘못되어버릴까 봐 겁이 난달까.

3. 어설퍼서 더 재밌는 손편지

백화점에 갔다가 여름에 시원하게 입기 좋은 파자마 팬츠를 샀다. 내 것이 아닌 부모님의 것. 선물을 택배로 보내기 전 손편지를 쓴다. 새해에도 생일에도 썼던 손편지는 소박한 선물과 함께 부모님께 전달된다. 부모님이니까 귀엽게 봐주시겠지 하며 새해에는 길상 중 하나인 까치 호랑이를 글과 함께 그려서

심심하지 않아 다행이야

드린다. 잘 그리지 않았냐며 정해진 답을 강요해도 벙싯 웃기만 하시지만 괜찮다. 나는 그 그림을 그릴 때 정말 재미있었으니까.

4. 원데이 클래스의 신선함

취미생활을 찾고 있는 사람들이 선호하는 원데이 클래스. 나 또한 문화센터, 브랜드에서 주최하는 행사, 플라워 레슨 등 여러 종류의 원데이 클래스에 참석하는 것을 즐기는 편이다. 그중 가장 인상적이었던 것은 발레 클래스. 친구 따라 발레 클래스에 갔다가 아마추어이지만 아름다운 발레 튀튀나 레오타드를 입고 발레를 하는 사람들이 마치 드가의 그림 속 무용수처럼 매우 아름다워 보였다. 좋아하는 일을 한다는 것에 대한 몰입이 느껴졌는데, 이제껏 경험해보지 못했던 새로운 영역에 잠시나마 속해볼 수 있다는 것이 원데이 클래스의 큰 매력 같다.

5. 둘이서 여행, 때때로 혼자서

여행의 목적은 저마다 다를 테지만 누구와 함께 가느냐에 따라 그 경험의 깊이와 추억이 달리 새겨진다는 점에서 동행은 참 중요하다. 이십대 중반쯤 처음으로 두려움을 가득 안은 채 혼자 해외여행을 다녀온 뒤로 여러 도시를 혼자 여행하곤 했다. 미술관에 가서 사진으로만 보던 원화 작품들을 실컷 보고, 그 도시의 관광객을 위해 마련된 쿠킹 클래스에 참여하는 일은 즐거웠지만 사실 심심할 때도 많다. 지금은 마음 맞는 친구와 둘이서 떠나는 여행이 더 즐겁다. 함께 웃고 있어도 의견 충돌을 일으켜도 둘이어서 즐거운 기억이 더 많아진다.

6. 주말에는 고미술과 함께

현대미술, 인상주의, 바로크 등 시대는 가리지 않고 기분 전환을 위해 미술관에 간다. 요즘은 고미술에 관심이 높아져서 주로 박물관을 가고 있지만 어떤 전시를 가든지 간에 매우 고대하고 있던 전시일수록 동행 없이 혼자 간다. 전시에 푹 빠져 3시간 넘게 감상의 시간을 가지는 나에게 동행이 있다는 것은, 그것도 '뮤덕(뮤지컬이 아닌 뮤지엄 덕후)'이 아니라면 상대를 배려하느라 감상에 푹 젖어들 수 없기 때문이다. 주말의 대부분을 지나온 세상에서 남겨진 아름다움들과 독대하는 순간의 감동을 혼자서 마음껏 즐긴다.

7. 매일 새로운 채소 레시피 하나

쇠고기를 가끔 먹을 수도 있지만, 육식에 대한 열망이 전혀 없는 페스코 베지테리언에 가까워서 고기 요리는 하지 않는다. 대신 새로운 채소에 도전해보는 것을 무척 좋아하는데, 이를테면 제철 연근을 사다가 조림을 한다거나 병아리콩을 불려서 삶은 다음 바질페스토에 섞어서 먹는 것과 같이. 자칫 단조로워질 수도 있는 식탁을 새로 도전해본 채소 요리들이 채운다.

8. 독서, 그리고 또 독서

요즘 북클럽이 인기다. 같은 책을 읽고 감상을 나누면 그 폭이 더 깊어질 것 같긴 하지만 읽을 책이 산더미 같은 나는 모임에서 함께 책에 대한 이야기를 나누는 시간에 한 권이라도 더 읽고 싶은 타입이라 여전히 혼자 책을 읽는다. 책은 재미라기보다 그저 평생의 습관 같은 것이라 활자를 읽는 일은 내게 그저 숨 쉬는 일 같다. 나의 편견이겠지만 독서인들은 내면의 깊은 세계를 탐구하는 것을 더 좋아하므로 그렇게 사교적인 사람이 많지 않은 것 같다. 아마 나에 대해 하는 말일지도. 그런 내가 야외에서 책을 읽는 순간이 있다. 좋은 날씨에 도서관에 마련된 야외 벤치에서 책을 읽는 것이 정말 행복하다. 참 평화로운 공간이다.

오늘이 만든
내일

어두운 집 안 침실에는 낮은 조도의 조명이 켜져 있다. 쌀쌀하고 어두운 밤, 보온 물주머니에 뜨겁게 데운 물을 담아 이불 안으로 밀어 넣는다. 창은 꼼꼼하게 닫고, 푹신하고 가벼운 겨울 이불 위에 교토의 추억이 담긴 카멜색 패브릭 담요 한 장으로 따뜻함을 더한다. 침대에 놓인 커다란 베개에 기대어 책을 읽으며 잠이 들 때까지 조용한 시간을 보내고 별다른 고민 없이 잠드는 순간, 매일 이런 시간을 보내는 것만으로도 인생이 즐거울 수 있다는 것을 깨닫곤 한다. 무언가 대단한 일을 해내고 싶다는 다짐보다 오늘을 충실히 사는 것으로 충분하다는 생각.

책 속에서 소탈한 일상의 순간에 대해 찬미하기도 했지만, 사실 불완전한 인간이기에 의심하고 불안해하는 나의 모습도 숨기지 않고 그대로 드러냈다. 가볍게 사는 마음을 가진다 해도 그 무게가 달라졌을 뿐 결코 불안은 사라지지 않는 법이다. 그저 내 안의 불안을 인정하고 '나쁜 옷차림은 있어도 나쁜 날씨는 없다'는 말처럼 상황을 탓하기보다 대비하는 방법을 궁리하게 된다.

> 흘러가는 시간대로 자연스럽게 살아가기
> 계획적으로 그러나 결코 완벽할 수 없다
> 언제나 건강함을 우선으로 할 것
> 삭막할 때에도 아름다움에서 위안을 얻는 태도
> 무언가 이루고 싶다면 말은 짧게 실천은 계속

이 책을 쓰는 동안 나의 지금을 이끄는 몇 가지 다짐들을 되새겨볼 수 있었다. 그리고 자신을 돌아보며 좋은 자극을 받아 드디어 느리게 적당히 먹는 식습관을 길렀고, 중단하기를 여러 번이었던 공부를 습관적으로 해나간다. 그동안 고치고 싶었던 습관 몇 가지를 일상의 루틴으로 들인 참으로 생산적인 시간이었다.

마음속에 품은 목표를 이루는 날이 언제일지는 결코 알 수 없다. 나, 그리고 나를 둘러싼 상황은 그대로인 것처럼 보이다가도 급작스레 변하곤 하니까. 그러니 계속해나가는 것이 더 중요한 삶의 방향이 된다. 매일 해야 할 일을 정해놓고 성실하게 반복하다 보면 어느새 나는 크고 작은 무언가를 이루곤 했다. 또는 이루지 못했다 하더라도 그 시간은 어떤 방식으로든 도움이 될 때가 있어 절대 헛되지 않았다. 미래의 내가 어떤 모습이 될지 궁금하다면 지금을 점검해본다. 과거의 내가 지금의 나를 만들었듯이 지금의 나는 미래의 내가 될 테니까.

하루도 빠짐없이 꾸준히 고민하고 써 내려간 이 책에 도움을 주신 모든 분께 감사의 인사를 전한다.

어린 시절을 보낸 곳에서,
신미경